U0010446

Update
修訂版

英、日語同步

我是靠
此神器

# Anki自學法

## 最短時間通過日檢N1、多益975分

簡群 Chun Norris——著

晨星出版

# 目次

CONTENT

## Part 1　自學前的第一堂課

# Part 2   Anki 完全操作手冊

Part **3**　除了 **Anki**，自學還需要的數位管理工具

Part 4 困難的從來不是自學，是人性

 # 自序

　　學習從來就不是一件輕鬆的事，必須長時間不斷努力才能讓辛苦種下的種子發芽，現在每一分每一秒的付出，都是在為未來累積實力。沒有任何事情是努力過後做不到的，也沒有任何事情是不努力就能得到的。若不願意付出，抑或三天打魚，兩天曬網，沒人監督就混水摸魚、考完檢定就倦怠鬆懈，學習之路自然會走得顛簸又蹣跚，學習效率也會大打折扣。

　　正確的學習態度大家都知道，但有多少人能夠堅持下去？學如逆水行舟，不進則退，我們若不向前奮進，就會被時代洪流沖退，這之間沒有任何轉圜的餘地。學習任何東西都一樣，我們不停追求技巧、追求花招，以為這樣就能學得快學得好，但到頭來都是一場空。所有技巧都是假的，只有你的恆心與毅力才是真的。

　　在現今這個資訊時代，學習不再是一個人默默地獨自埋頭苦讀，要懂得去善用身邊的資源與工具，隨時掌握最新科技脈動，才能建立高效率的學習環境。而在你日以繼夜不停地向前衝刺之餘，也別忘了時時回頭省思，回顧過去的這段時間，有哪些事是值得再三品味的，又有哪些事是值得重新思考的。

　　本書以客觀的角度出發，提出一系列適合大多數人的讀書方法，讀者可以挑選適合自己的方法嘗試看看。但方法是活的，並沒有一定要完全照著本書中的方法去做，每個人的個性與背景都不相同，沒有一套完美的勝利方程式可以套用在任何人身上。讀者應在讀完本書後將其內容融會貫通，從今天開始，找出最適合自己的方式，然後努力不懈、持之以恆、獨立思考、人定勝天！

交大金城武 Chun Norris

# 前言

鍵盤小魯我靠著自學，

四年內從五十音到高分通過日檢 N1，

同時隔年考多益 975 分。

**18 歲**｜從五十音開始自學日文

**21 歲**｜通過日本語能力檢定 N3（178／180）

**21 歲**｜通過日本語能力檢定 N2（178／180）

**22 歲**｜某縣市日文演講比賽 第 2 名

**22 歲**｜通過日本語能力檢定 N1（165／180）

**23 歲**｜第一次考多益 TOEIC 975 分（975／990）

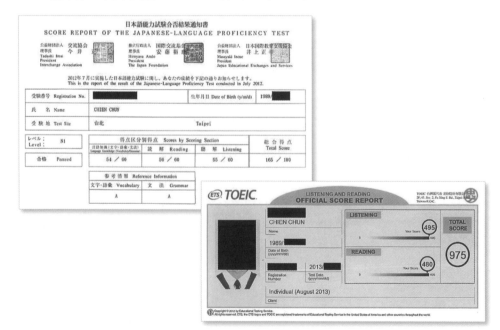

我今年 17 歲又 150 個月，土生土長台灣本土魯蛇。

## 你外語系？我的觀察啦！

我不是讀外語系的。

沒有待在國外超過十天的經驗。

沒有任何留學或遊學的經驗。

沒有看過白海豚轉彎。

沒有請過家教。

沒有妹妹。

非英文、日文或其他外語系所畢業。

非主修、選修、雙修任何語言學程。

在大學主修語言，不過是 C++ 和 JAVA 等程式語言。

大學時修過 113 與 114 語言中心的日文課程，但除了一開始五十音外，自身進度都遠遠超過上課進度。

## 常有人問，英文與日文哪個比較重要？

我收到過許多讀者來信，其中最常聽到的問題之一就是：「英文與日文哪個比較重要呢？」「先學哪一個比較好？」

我的回答一律都是：英文重要性遠大於日文。

因為英文是全世界的主流語言，在台灣，日文屬於「第二外語」，

而「第一外語」毫無疑問就是英文。

我很喜歡日文，但是客觀來講，英文可以幫助你獲得非常多重要的知識與競爭力，而在職場上，英文甚至已經不是加分條件，而是必要條件。相較之下，日文的投資報酬率就比較低一點，但是你也不必擔心，並不是日文不好學或不重要，單純只是因為英文太過重要了！

因此，若時間有限，除非你有很明確的理由非學日文不可（例如赴日工作需求），否則**強烈建議優先把最基本的英文給學好**。就算你對日文的興趣大於英文也一樣，因為學習英文的經驗可以完整的套用在日後的日文學習上，所以說學習英文絕對是個穩賺不賠的選擇。

另一個常見的問題是：「可以同時學英文與日文嗎？」

我的回答是：**只要肯花時間，當然可以，事實上我也是同時學這兩種語言。**

英文與日文是兩種完全不相干的語言，唯一相似的只有日文片假名的外來語部分，但影響小到可以忽略。就像是同時學籃球跟游泳也不會有衝突一樣，只要你每天肯多安排一點時間，一次學兩種語言當然沒問題。

Tips

本書 Facebook 粉絲專頁

https://www.facebook.com/tolubook/

若對本書有任何意見或指教

都歡迎至粉絲專頁留言

# 序幕｜先認清一些事實

我可以保證，只要你照著這本書的方法做，一定可以變強，而且是變得很強。但前提是你要先認清事實，你要先了解眼前面對的是什麼樣的道路。

有人告訴你，從現在開始練習棒球，三個月後就能進入職棒，你會相信嗎？

有人告訴你，從現在開始去考駕照，三個月後就能成為賽車手，你會相信嗎？

有人告訴你，從現在開始養殖魚蝦，三個月後就能變水產大亨，你會相信嗎？

如果不會的話，那你又怎麼會覺得從現在開始認真讀書，三個月後英文或日文就能嚇嚇叫呢？

高中要讀個三年才能拿到畢業證書，大學也要讀個四年才能成為拿到學士學位，學習從來就不是一蹴可幾的事情，學習語言更是如此！

在開始學習之前，請你先好好睜開眼睛面對現實，**學習是一段長期的過程**，這本書是以英、日語為範例來教導「正確的學習方法」，此方法可以套用在各個領域，並非只有學習語言而已。

## 1 · 不要拿特例來欺騙自己

想在一個月內減肥 10 公斤，有可能嗎？

　　1000 個人裡面有 999 個人做不到，唯一做到的那個人會出書、上電視，然後跟大家宣傳他的方法有效。但你照著做真的會有用嗎？

　　不要參考不切實際的「特例」，相對於一個月內減 10 公斤，在三個月內減 10 公斤才是我們該努力的目標。

　　同樣的道理，對於語言學習的規劃應該是長期的，你必須有**持續努力個三年、五年的決心，**那些短時間衝刺完成的人確實很厲害，但是**你不會是那一個**。

　　不要拿短期衝刺的特例來欺騙自己！
　　不要拿短期衝刺的特例來欺騙自己！
　　不要拿短期衝刺的特例來欺騙自己！

　　因為很重要，所以要說三次。

　　如果你真的那麼厲害、那麼有天分，現在就不會在這裡看這本書惹。

## 2．學語言不是拼期末考

　　國、高中時考過段考，大學時考過期中、期末考，回想一下，考完試的隔天，還記得多少考試範圍內的內容？

　　學習語言（或任何事物）的一大重點在於「誰忘的比較少」，即

使在考過某個檢定考試後，也應該保持持續學習的態度，就算不學新
東西至少也要記得複習，**忘得少就是學得多**。

而你的目標也不該是「考過日檢 N1」或「多益考 900 分以上」，
而是「我日文想變很強」與「我英文想變很強」！台灣人很會考試，
而考試有技巧性，會考試不代表能力強，你該追求的是實質的能力，
而非表面上的分數，實質能力提升了，分數自然會好看。

## 3・每天看日劇／美劇，就會進步？

> 培嘉：「學姊，像你這樣每天看日劇，日文會進步嗎？」
> 子寧：「不會喔，但是簡體中文會進步。」
>
> ──交大某實驗室對話

如果你有足夠的語言程度，的確可以藉由觀看外國戲劇來增強聽
力與單字量，但有許多初學者喜歡拿這種：「我是為了學習日文／英
文才看日劇／美劇的。」或是：「我這星期看了十集的日劇／美劇，我
的日文／英文能力應該有提升吧！」當作理由來說服自己。

**不要欺騙自己！**

如果你的程度還沒到位，這些就不是適合你的「教材」，而是單
純的「娛樂」而已。你只是在放鬆，並沒有在「學習」！

舉例來說：

・打籃球，如果連運球都有問題，有可能藉由看 NBA 學會跑轟
　戰術嗎？
・打《英雄聯盟》，如果連插眼都有問題，可能看實況就學會四
　一分推嗎？

‧那如果連《大家說英語》都聽不懂，又為何要欺騙自己用 "The Walking Dead" 來練習聽力呢？

我不全然否定這類「非正規」的學習方法，事實上這些媒體會是你持續學習的動力來源，甚至有朝一日成為學習路上的重要媒介。但這些內容與語言程度息息相關，如果你是個初學者，那這類方法就**不適合你，**或許有些初學者靠著這些方法成功了，但那是特例，**不要拿特例來欺騙自己**。

如果這些方法比「正規」的學習方法還要有效率的話，那書局的語言專區賣的就會是日劇的 DVD，而不是文法書或單字本了，不是嗎？

> **Tips**
>
> 好像有一些專有名詞看不懂？不妨去 脫魯祕笈 看看，會有意外的收穫喔！

## 4‧有恆才走得遠

剩 30 天就要考試了，有兩個學生 A 和 B，他們回家後各有 2 小時自由時間。

A 學生前 15 天都在打電動，後 15 天都在讀書。
B 學生這 30 天都每天都打 1 小時電動並讀 1 小時書。

誰的成果會比較好？
不一定，可能是 A，也可能是 B。
那如果把時間從 30 天拉長到 300 天呢？600 天呢？
A 有可能連續讀書 150 天？甚至 300 天嗎？
有準備過國考或大型考試的人，應該能理解這樣的壓力有多大吧！相對的，B 每天依然只需要花 1 小時讀書，且還能打 1 小時的電

動。B 的讀書方式不僅壓力較小，不會影響到日常生活，且最後成果也會比較好。同樣的道理，在學習的路上，你不該過度拘泥於短期的成果，應該朝長期且持之以恆的方向努力。

## 5．學語言不用背單字？

- 你可以三天不吃飯，但是不能一天不背單字。
- 你可以忘記自己的名字，但是不能忘記昨天背的那個單字。
- 你今天背的單字明天會化身為少女回來報恩。
- 你每背一個單字，Facebook 就會捐 10 美元給非洲飢餓的孩童。
- 美國聯準會為了救經濟而推出 QE 政策，印的不是鈔票而是單字書。
- 鈴木一朗曾贈送單字本給站在運動用品店想要買棒球手套的小學生。
- 只有 Chuck Norris 不用背單字，因為單字會很識相的自己進入他腦袋裡。
- 女生的衣櫃裡永遠沒有足夠的衣服；男生的硬碟裡永遠沒有足夠的 A 片；而你的腦袋裡永遠沒有足夠的單字。
- 好單字，不背嗎？

　　單字之於語言，就如同體力之於運動員，一個單字量不足的人，就如同一個體力不夠的運動員；如果學語言不用背單字的話，那運動員也都不用重訓了。

　　單字不僅不能省，且單字量會是決定你語言程度的一個重要指標。

## 6‧靠自力學習的人比較強？

在我將學習英、日文的文章放上部落格後，收到許多網友的留言與信件回饋，其中不少網友讚賞「自學」這件事，並舉出自己或朋友補習時的負面經驗。但是，自學語言的人真的比較厲害嗎？

自學語言的人厲害的地方在於：

‧不用透過他人就能了解自己的程度。
‧能夠主動找到適合自己程度的資源。
‧能夠靠著自制力督促自己學習。
‧相對於補習來說，自學的金錢成本很低。
‧自學的時間彈性高，可自由安排時間。

哇！那自學不就好棒棒？這樣看來我也不需要花錢補習，靠著自學就好了？

但是代誌絕對沒有憨人所想的這麼乾單：

‧你怎麼知道自己程度在哪裡？
‧書店這麼多書、網路上這麼多資訊，你要去哪裡找適合自己程度的資源？
‧自學遇到問題時，你要找誰問？
‧你能夠靠著自制力督促自己學習嗎？
‧相較於補習而言，自學的金錢成本很低，但是不是效率也很低呢？

## 7‧靠他力學習的人比較強？

相對的，在網路上常常看見「她日文這麼強還不是因為從小就請家教的關係。」「他補習班有專門在模擬多益的測驗，多益當然會考比

較高分啊！」之類推崇補習的話語。但是，補習的人真的比較厲害嗎？

**補習的優點在於：**
- 有老師可以掌握你的學習進度。
- 有老師可以提供適合你程度的學習資源。
- 因為需要付錢，所以你會強迫自己去上課學習。

**補習的缺點在於：**
- 相對於自學而言，補習的金錢成本很高。
- 補習的時間彈性低，若要調高時間彈性價格會更高（e.g.家教）。

正常來說，「金錢成本」與「學習效率」一向都是一體兩面的東西，金錢成本越高的工具，學習效率通常就會越高，這也就是為什麼經濟較寬裕的人通常會選擇去補習或請家教。

但是代誌絕對沒有憨人所想的這麼乾單：

魯蛇你覺得籃球校隊的人又高又帥，到哪裡都有迷妹吹捧，你也想加入校隊享受這種感覺，於是跑去請私人教練，每週請教練教兩次球，每次兩小時，請問這樣你的能力就夠加入校隊嗎？

當然不夠啊！你除了要找時間複習教練的菜單外，還需要跑步練體力、去健身房練肌肉量、自主訓練基本動作……，怎麼可能每週跟教練練兩次球就夠了？

這種事情你知道我知道獨眼龍也知道，然而，同樣的道理套在語言學習上，**你又為什麼會覺得每週補習兩次，每次兩小時，語言能力就能變強呢？**

理論上「補習」應該是效率很高的學習方式，但是人們容易因為「付了錢也上了課」而產生虛幻的安全感（False sense of security），而忽略了「自主複習」這件事，將進度全部丟給老師，當補習或家教結束後，也就停止學習了。等到哪天要用到時，才發現已經全都忘光，過去的投資就這樣付諸流水。

除此之外，有些補習者會在不知不覺間陷入一個「自我侷限」的學習範圍，讀書範圍只限定於補習班發的教科書，你當初是為了「想學好英文」而補習，補到最後卻漸漸變成「為了考試得高分」，在試驗題型與技巧上鑽牛角尖，就算最後如願得高分，語言能力卻遠不及證書上的分數。

## 8・補習不是在安太歲

很多人很奇怪，把補習當作是在點光明燈或是安太歲，每學期繳了錢之後就沒事了，好像語言能力就會像銀行定存一樣自動慢慢增加，實際上卻是像力霸的股票一樣變成了沒價值的壁紙。

補習的目的不是為了「補心安」的，補習的目的是要讓自己「語言能力變強」，如果你都花了錢，學習效率卻沒有顯著提升，不是賠了夫人又折兵嗎？

因此，慎選良好的補習或家教是很重要的，一個良好選擇的應該包括：

- 老師能盡量掌握你的學習程度。
- 老師能提供適合你程度的學習資源。
- 老師肯讓你問問題，並能與你有適當的互動。
- 老師回答你問題時，能從字典或是網路上證明正確性，而不是僅口頭回應。

補習或家教的最大特色在於有個「有經驗者」在引導著你，他理當盡自己最大的努力來幫助你學習，但無論再怎麼厲害他終究不是你，無法確實掌握住你對於每個概念的理解程度；就連武藤遊戲都無法知道另一個自己在想什麼了，更何況是你的老師。因此你也應該隨時向老師反應自己的學習狀況，不論是學得很順利或是有問題都要及時回饋，與老師互相配合，學習才會有效率。

正所謂「好的老師帶你上天堂，不好的老師帶你住套房。」補習前除了事先打聽授課老師與課程品質外，別忘記自己的感受才是最重要的，事前一定要先試聽過，找到最適合自己的課程，上課後若發現效率不高或其他問題，都要嘗試跟老師溝通並爭取自己的權益。

## 9・補習好還是自學好？你搞得我好亂啊！

補習和自學就像是前任男友跟現任老公，兩者各有優缺點，沒有誰比較好誰比較壞的問題。不需要因為堅持自學而自視甚高；也不用羨慕別人有錢可以請老外當家教。

況且補習和自學並不是兩個相斥的事件，我們可以盡力避開兩者的缺點，並取出兩者的優點融入自己的學習方式中，就不會像現在為了嫁錯老公而煩惱。不管是黑貓還是白貓，能抓到老鼠的就是好貓；選擇最適合自己需求的學習方式才是最重要的。

但是長遠來看，若想要學好語言的話，我必須大聲的說：「不管有沒有補習，都一定要花時間自學！」

因為深入來看，**補習**跟**自學**其實都是假議題：

・**補習**背後的意涵是「有人引導」，所以「學習能夠較有效率」。
・**自學**背後的意涵是「主動積極」，所以「學習能夠持之以恆」。

　　而學習最重要的便是**持之以恆**的態度，就算你起步再怎麼強勁，若後續無法堅持終究也是功虧一簣，龜兔賽跑的故事我想大家都已經很熟悉了。

　　換個方式來想，若我們能想辦法「讓自學變得跟補習一樣有效率」的話，不僅能夠對長遠的學習有正面影響，也可以省下大量的金錢成本。而本書接下來介紹的讀書方式，也將會圍繞著這樣的主題。

# Part 1

# 自學前的第一堂課

# 第 1 章 | 正確的學習方法

正確的學習方法只有很簡單的四個步驟：

第一步　了解自己的程度。

第二步　學習適合自己程度的資源。

第三步　找到適當的輔助工具。

第四步　養成習慣並努力不懈地練習。

前兩步驟的重點在於「理解外部知識並吸收成短期記憶」，後兩步驟的重點則在於「將短期記憶轉換成長期記憶」。

假設現在在打籃球，你跑快攻，隊友傳球給你，此時你沒有時間這樣思考：「這個球傳得有一點偏，我應該要左腳先往左邊踏一步，然後再用兩隻手穩穩地接住這顆球，前方有一個防守者，教練有說過，跑快攻時如果防守者已經站定位就不要硬上，應該傳給有空檔的隊友，那麼我應該傳給跟進的流川楓、埋伏在外線的三井壽、還是在板凳上的書豪呢？這球直接傳會不會被防守者攔截，要用地板傳球嗎？還是……」

實際上，打球時根本不會有太多想法身體就自然會去應對，在短短兩三秒內完成接球、運球、傳球的動作。

同樣的道理，當一個歪國人問你 "How old are you?" 時，你也沒有時間這樣思考：「How old are you 是在問我幾歲，我今年 17 歲，因

為是 How 開頭的提問句，所以我應該用對應的句型回覆，主詞是 I 應該沒有問題，但是動詞應該用什麼？應該不是 do 或 does 這些助動詞，is 跟 are 也不適用於第一人稱，所以動詞應該是 am，接下來要回答幾歲應該是 year old，不對，應該是 years old 吧！」

對於熟悉英文的人來說，你會很直覺的回答 "I am 17 years old."

這就是不斷練習的重要性，在學習語言的過程，你會需要學習很多單字、文法，一開始你不熟悉這些單字用法或是文法規則，練習時就會出現上述這樣「內心戲」來協助思考。但隨著不斷複習、加深印象，這些東西最後會成為你「語感」的一部分——不需要經過思考就會使用，這也是我們學語言最想達成的目標。

# 1・了解自己的程度

就跟台灣有 520 分水嶺 一樣，學習語言也有幾個主要的分水嶺。

例如對初學者來說，英文的時態變化、日文的動詞變化都是很常見的學習斷層。

自學的學習者在初學階段很難了解自己的程度，只能緩緩摸索，你只知道自己很弱，但不知道究竟是多弱，就像是你知道自己《英雄聯盟》的牌位是銅牌，但不知道是銅牌 1 還是銅牌 5。

這就是「序幕」提到的自學困難點之一，在沒有人帶領的前提下，你比較難了解自己目前到底在哪個階段，或者接下來該學習哪些東西，許多人往往會因此感到恐慌，影響學習效率。

但俗話說得好，萬事起頭難，事實上最難的部分也就是在這裡而已，只要每天都有在固定練習、慢慢進步，度過了這個階段後，就能漸漸掌握自己的學習程度與目標。

## A｜初學者

對於初學者來說，我建議最好的方式是先挑選一份「主要」的學習資源，這個資源可以是本書、是本講義或是個教學網站，重點是這個學習資源要有一個「完整的學習地圖」，你就能依照該資源的進度往前推進。而除了此「主要」資源之外的學習資源皆為「次要」資源，它們可用來增加你的單字或語言知識，但你本身的學習進度還是以「主要」資源為主。

例如：日文學習者可以選定「音速日語」網站當作「主要」學習資源，照著上面的學習地圖學習，期間可以透過書本或網路等「次要」學習資源找單字來背、找有趣的諺語來學。然而，不論學了多少東西，你的進度都是以「主要」學習資源的為主。

英文的學習資源相對來說豐富許多，可依照需求調整學習方式：

- 國、高中學生：英文課的課本與教材就是最好的「主要」學習資源，這個階段學校教的英文都是最基礎的東西，基礎一定要學好，後續學習之路才會穩固。
- 大學生：基礎還不夠的話請以學校英文課為「主要」學習資源，基礎已經夠的人可開始嘗試將「主要」學習資源轉至雜誌、影片、Podcast 等，請盡量挑選符合自己程度的資源，如果還是太過吃力，請回頭加強基礎能力，不要想求快，穩固才是最重要的。
- 社會人士：上下班時間受限，傳統補習班上課時間難安排，又有即時的聽力與口說需求。此時數位學習會是最適合你的「主要」學習資源，更多資訊請參閱第 2 章介紹的 VoiceTube。

　　由於「主要」學習資源有完整的學習地圖，不管透過其他「次要」資源學了多少東西，**都不會迷失自己的進度**，這樣的模式可以讓你在擴展語言能力的同時，有個「主幹」來穩住自己的基礎與學習方向。

## B ｜ 進階者

　　學到一定程度之後，你會把當前的主要學習資源給學習完畢，此時請繼續找下一個主幹來做同樣的事。新的主幹會有一些你已經學會的東西，但也會有更多新的東西。

　　將這個過程重複個幾次，當你在書局或教學網站看來看去，發現大部份文法或單字都已經學過的話，這代表你已經打好一個不錯的基礎了，恭喜！此時你即使沒有主幹也能掌握自己的程度，不再需要一份完整的學習地圖，接下來你的學習資源會開始大量轉向網路與其他非傳統媒體。

## 2・學習適合自己程度的資源

　　幾十年前，在那個提倡保密防諜殺朱拔毛、看電影前要起立唱國歌、選舉開票開到一半會停電的年代，自學語言唯一的資源就是書本與錄音帶而已。但是二十一世紀的今天，各類媒體蓬勃發展，無論是電視、書本、雜誌還是網路，我們有太多學習資源可以運用，學習者反而會因此迷失，不知道該選擇什麼樣的教材。

　　就跟以前玩 RPG 遊戲一樣：在旅行的路上主角會遇到不同的敵人，有的強有的弱。

- 敵人太強你打不贏，浪費時間最後又得不到經驗值。
- 敵人太弱你一下就打贏，但是得到的經驗值寥寥可數。

同樣的道理：

· 學習對你而言太困難的教材，浪費時間最後又學不到東西；

· 學習對你而言太簡單的教材，一下就學完但學到的東西寥寥可數。

那要怎麼挑選適合自己程度的資源呢？在回答這個問題前，我們先來看個生活實例題：

你在公園的籃球場看到了三個阿伯，阿伯 A 的口頭禪是：「這球你打手。」阿伯 B 的口頭禪是：「這球你走步。」阿伯 C 的口頭禪是：「這球你碰出界。」請問你要怎麼知道哪一個阿伯的球技跟你最接近？打完後能讓你學到最多東西？

答案很簡單，就跟鋒哥說的一樣：球來就打！打了就知道！

挑選學習資源也是一樣，親自接觸過就會知道適不適合。不要看補習班課程上面寫「適合初學者」就報名了，或許你比他們所謂的「初學者」要強上許多；選書時也不要光看書名或別人的評論就買了，務必要自己先稍微看過一遍，確定是不是真的適合自己的程度。

事前針對學習資源做功課是很重要的，我朋友曾經看了一部叫做《成人世界》（CHAPPiE）的電影，看完後跟我抱怨電影名稱亂取，裡面根本沒有什麼色色的成人畫面，我想這就是最好的例子。

當你的學習進度漸漸超越正規書本，轉向網路文章、戲劇、廣播等其他媒體後，由於這些媒體沒有所謂的「學習地圖」，因此你不能再像讀教科書那樣，只要懂 10％內容，就能學習剩下的 90％內容。反之，此時最好的學習資源是你能夠了解其中 50％～70％的內容，如

此一來才能在充分掌握主題的前提下，有效率地學習新知識，在教材難易度與學習成效間取得最佳平衡。

# 3・找到適當的輔助工具

## A｜小本子／單字本

　　我剛開始學日文時，書局有賣很多精巧的英文單字本，但日文單字本不是太大就是太厚，於是我將單字抄在小本子上，等公車、坐捷運、上課、打工時都可以學習。

　　小本子一頁可寫 6〜9 個單字，大一時記滿了四本 100 頁的小本子，相當於 2400〜3600 個單字。但我後來發現小本子與單字本有著相同的問題，就像高中生最熟的單字永遠是 abandon 一樣。

　　在單字本中由於編排的關係，每個單字被看見的機率是不一樣的，你印象最深刻的永遠是單字本第一頁的那幾個，其他單字很難從短期記憶進入長期記憶。

## B｜小紙條

有次遇到新的單字，但單字本已經寫滿了，於是我隨手拿一張廢紙抄了幾個單字就出門，沒想到效果卻意外的好。

紙條沒有一定的順序，故間接打破了單字本的不公平性，讓每個單字可以更平均的被看見，增加進入長期記憶的機會。

我以前習慣將一張 1/4 A4 大小的紙條再折成 1/4，這樣的空間大約可填 10 個單字，整張紙條約 40 個。

大二整年光用紙條，就記了超過 1000 個單字。

## C｜電腦軟體、App

說到語言學習輔助軟體，我非常推薦讀者使用 Anki。

事實上，Anki 在我的學習方法中扮演非常重要的角色，本書 Part2 就是在介紹 Anki 的用法，讀者有興趣的話可以先翻過去稍微瀏覽一下。

Anki 是個協助記憶／複習的軟體，有點類似所謂的「數位單字

卡」，你可以在 Anki 內建立卡片、牌組，並跟這些卡片決鬥，Anki 會依照你對每張卡片的熟悉度來安排下次複習的時間。

我從大一下（2009 年 3 月）開始使用 Anki，使用到 2015 年 8 月已經建立超過四萬三千多張卡片，2344 天裡我有 2284 天使用 Anki 來學習，只有 60 天沒有使用。

在這 2284 天內，我一共學習了超過一百四十萬張（1,432,726） 卡片，平均一天學習 627 張。

在這 2284 天
內,我學習總時數
超過 1731 小時,
平均一天花費 45.5
分鐘。

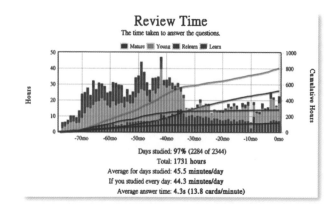

2284 天約等於 6.2 年,就當作 6 年好了;45.5 分鐘就當作 30 分鐘好了。也就是說,**我每天練習英文與日文至少 30 分鐘,並且持續了 6 年。**

**如果你也這樣做的話,你的英文和日文有可能不強嗎?**

我大學剛畢業就通過日檢 N1、多益 975 分。不知情的人都說我很強、很有天份。但事實上我只是**每天努力練習**而已。

每天努力練習 30 分鐘,並且持續三、四年,每個人都能夠達到,只是**你願不願意去做**而已。

為了證明我沒有習慣性改圖,附上我的 Anki 牌組統計原圖提供參考。

## D | 小結

我不推薦使用小本子、單字本,理由同上述,單字本的編排方式會大大影響學習效率。至於小紙條我現在還是偶爾會使用,因為其攜帶方便,且當要專注於一些容易搞混的單字時很好用。

除了 Anki 以外,現在智慧型裝置普及,手機、平板等也有各種協助語言學習的 App,如果你沒有正在使用的工具,建議可以嘗試看

看 Anki，看適不適合。

　　用 Anki 背單字的好處在於，在你背單字的同時，同時也在建立**屬於自己的數位資料庫**，這是紙本所辦不到的，若能配合 Anki 的雲端、跨平台等特性，將可大大提升學習效率。

# 4・養成習慣並努力不懈地練習

## A｜你聽過周杰倫嗎？

　　根據維基百科上的介紹，周杰倫是臺灣著名國語流行音樂男歌手、演員、導演及音樂創作人，業餘擔任品牌創意總監與電競職業選手。

　　但是先別管這個了，你聽過安麗嗎？你聽過吳宗憲嗎？你聽過柯文哲嗎？你聽過郭台銘嗎？你有去「背」過這些人嗎？那為什麼你會知道這些人是誰呢？

- 一個不看棒球的人，也一定聽過王建民。
- 一個不看電影的人，也一定聽過魏德聖。
- 一個不看日劇的人，也一定聽過麻倉憂。

　　為什麼？因為就算你沒在關切他的領域，整天聽別人講也都聽到記起來了。

　　背單字也是一樣，你看一遍記不起來，那你有沒有看第二遍？你看十遍還是記不起來，真是不簡單。那你有沒有看第十一遍？你就讓自己每天一直看嘛，一直看啊，看到最後就算不想記都會記起來。

　　我們剛剛提到 Anki 這個工具可以有效提升我們學習效率，沒錯，Anki 的確是很好很強大，但是就跟初音只是個軟體一樣，Anki

也只是個軟體（抽牌），如果使用者自己不努力、不肯每天抽出時間練習的話，那軟體再怎麼厲害也沒有意義。

而所有學習者在學習的過程都會碰到一個大難題：如何要求自己每天都抽出時間，持之以恆的學習？

答案很簡單：**養成習慣！**

剛剛提到在過去的 2344 天裡，我有 2284 天使用 Anki 來學習，只有 60 天沒有使用。但是扣掉出國、成功嶺新訓、專訓等 51 天不可抗力後，我過去 2344 天內真正沒有用 Anki 學習的天數只有 9 天。換句話說，**我每 260.4 天僅有 1 天沒有使用 Anki 來學習。**

有位朋友問我：

友：「為什麼你每天都可以記得並排出時間用 Anki 學習？」

我：「你過去 260 天內，哪一天沒有洗澡？」

友：「什麼 260 天，我過去一整年每天都有洗澡啊！」

我：「那為什麼你每天都可以記得並排出時間來洗澡？」

友：「！？」

友：「西屏，這件事情你怎麼看？」

澔平：「是的賓傑，講到洗澡呢，其實我以前也跟外星人洗過澡。」

友：「澔平，我還沒叫到你。」

我們從小就每天洗澡，所以一天洗一次澡對我們來說是理所當然的事，當然有的人可能跟賴素如一樣一天不只洗一次，但無論一天洗

幾次，當我們養成每天洗澡的習慣後，只要一天不洗澡就會覺得怪怪的。同樣的道理，如果我們能培養每天學習的習慣，**養成習慣後，每天學習就會變得跟每天洗澡一樣理所當然**。

## B ｜你今天解每日任務了嗎？

養成習慣不是件簡單的事，但你卻早在不知不覺間就養成了某些習慣。

各位肥宅們有沒有玩過一款叫做《英雄聯盟》的遊戲？等等，不要誤會，我不是針對你啊，我是說在座的各位──都是肥宅。

《英雄聯盟》有個「每日首勝」的獎勵，可讓玩家權力點加倍，當玩家習慣每天「打場首勝」後，一天沒有打就覺得怪怪的，甚至睡前想到還會爬起來打一場。

同樣的機制也常見於 Facebook 遊戲（e.g. 開心農場）、網頁遊戲（e.g. 艦隊收藏）、MMORPG 多人線上遊戲等等；近年興起的手機或平板遊戲（e.g.神抄之塔）更是將其發揮到極致，無論公車還是捷運上，大家寧願浪費時間當個低頭族玩些抄來抄去的手機遊戲，也要來解個「每日任務」。

所以說，你早在不知不覺間就已經養成解遊戲裡的「每日任務」這個習慣了。而我們現在要做的，也不過就是想解開**「每天學習」這個「每日任務」**而已。

## C ｜前兩個星期，萬事起頭難

萬事起頭難，養成習慣的過程也是一開始最困難，回想一下你剛玩英雄聯盟的那幾個星期，不是也常常忘記拿每日首勝嗎？但是只要度過這段時期，身體就會養成習慣自然記起來。

前兩個星期可以使用「用現有習慣養成的習慣」這個小技巧：

- 假設你每天都有寫日記的習慣，那麼可以在之後幾天的日記上都先註記「記得讀英文」，這樣之後寫日記時就會看到，達到提醒的效果。
- 又或者你平常有用 Google 行事曆，一樣先在之後幾天註記提醒自己，之後看到就會記得。
- 又或者你平常有看 E-mail 的習慣，可以利用自動寄信的功能，每日自動寄信提醒自己。
- 又或者用手機 App 設定待辦事項每日提醒。
- 又或者貼張小紙條在浴室鏡子，每天早晚刷牙時提醒自己要記得讀書。
- 又或者貼張 A4 紙在枕頭上，每天晚上睡覺前總會看到吧！

再不然，就把自己當作失憶症患者，回想一下你以前看過關於失憶症的作品：《一週的朋友》、《明日的記憶》、《神鬼認證》等等。看看記憶只能持續一週的女高中生如何用日記寫下生活點滴；看看得到了早發性阿茲海默症的中年父親如何用紙條維持殘存工作能力；看看極端記憶喪失的前中央情報局探員，如何一邊找出自己真實身份一邊殺掉所有擋在他前面的人……咦？

咳，總……總之想一個可以提醒自己的方法，**前兩個星期就把自己當成失憶症患者來提醒**，不管方法聽起來多蠢都沒關係，方法沒有笨不笨，只管有不有效。

Tips

If it's stupid but it works, it isn't stupid.
—*Murphy's war law*

## D｜今天假日耶！休息一下，很過分嗎？

大部分人週一到週五作息較規律，排個 30 分鐘讀書不是問題，但每到假日很多人會覺得：「今天是假日耶！休息一下很過分嗎？」

這個想法就跟颱風淹大水時還在那邊說：「今天父親節耶！吃個飯很過分嗎？」的政府官員一樣，非常要不得！

「如果這不叫怠惰，什麼才叫怠惰？」

假日扣掉睡眠有 16 個小時可以自由運用，就算打 4 小時電動、打 4 小時球、逛 4 小時街後，都還有 4 小時可以安排，排個 30～60 分鐘出來輕而易舉。

要記住：

- 假日絕對是你成功與否的關鍵
- 假日絕對是你成功與否的關鍵
- 假日絕對是你成功與否的關鍵

因為很重要，所以要說三次。

大部分人假日都會選擇去遊玩，而學習最忌諱的就是中斷，這不代表你都不能去玩樂，只是請你在玩樂之餘還是每天要安排一小段時間來複習，盡可能不要讓學習中斷，即使只排出 10 分鐘也會對你的學習效率影響甚鉅。

## E｜睡醒第一件事、睡前最後一件事

人性就是會拖，拖久了會有壓力，有壓力就不想做，一個有效的方法是強迫自己在**某個時間片段做的第一件事**就是讀書。

例如一上公車就開 Anki、一起床就開書本，一坐在電腦前、一進入辦公室等等。特別是在早晨，不僅腦袋清楚，且讀完後會有「一大

早就完成某個目標」的成就感,讓你一整天做事更有自信。

另一個適合讀書的時間點是睡前,原因很簡單:
- 你會為了再拿一場《英雄聯盟》勝利而熬夜。
- 你會為了再多看一集影集而熬夜。
- 你會為了再多跟妹子聊一句而熬夜。
- 但你絕對不可能為了多背一個單字而熬夜。

使用 Anki 的話,一天大約會需要複習二次,剛好早晚各一次。

如統計圖所示,我使用 Anki 複習的時間也集中在早上 9〜11 點與晚上 22〜24 點。

## 5.自我控制與時間管理

回想你當兵時返家休假的那段時間,明明在家裡可以睡到中午,但你卻還是在洞六洞洞就自動清醒了,因為你的身體已經記住了洞六洞洞起床的感覺;學習也是一樣,只要你能持續兩個星期,連續 14 天包含假日都做同一件事情,那麼第 15 天不需提醒就會主動去做了,此時雖然你嘴巴說不想讀書,身體卻會很誠實去讀。

　　能達到這境界，就已經贏過 90％的人了，最難的關卡已經通過，接下來更需要好好**維持下去**，學如逆水行舟，不進則退，請繼續每天一點一滴的累積實力。這個階段鬆懈的話，之前的努力全部都會付諸流水，千萬千萬盯緊自己不要放掉。不放手，直到夢想到手！

　　持續兩星期看似簡單，實際上卻非常困難。在這段期間，你一定會遇到許多阻礙：惰性會嘗試中斷你每日的學習；咕嚕會在你耳邊叫你放棄魔戒；損友們會從地獄伸出手拉住你的翅膀；漫天的火光會阻止你向上繼續飛行；你就像是個墜地的墮天使，不管怎麼努力都無法重返天堂。

　　歷史一再不停地重演：你母親年輕時走過這條路；你主管犧牲了滿頭秀髮也逃不過這樣的命運；巷口賣炒飯的邱媽媽飯鍋下壓著的是一本泛黃的單字書；甚至你自己以前就經歷過這樣的感受，已經不知道失敗第幾次了。對你而言，這一切就像是命中註定一樣，幾乎已經成為一個不可改變的未來。

　　也許在另一個宇宙的某個世界線中，你的確就這樣業力引爆輸給了惰性，成為另一個擁有滿腔熱血最後卻

Tips

Study. Study Never Changes.

戰死學海的學習者。但是在這個世界線的你不必驚慌也不必惶恐，這次你不會再失敗了！因為你跟別人不一樣，因為你是特別的，因為你購買了這本書。

　　要養成良好的習慣，你必須懂得控制自己並妥善安排時間，而這些技巧都收錄在本書的 Part3 和 Part4，只要你熟記這些技巧，並配合上述學習要點，必能扭轉乾坤，成為人人羨慕的藍鑽級語言高手。

　　除了本書內容外，也別忘了閱讀 脫魯祕笈 唷！

# 英、日語學習重點

## 1 · 在開始之前

　　只要「學習的方法」有效率，學什麼東西都會有效率，一個有效率的學英文方法，套在日文上也一定適用，反之亦然；因此我將英文與日文的學習方式寫在同一個章節，希望避免讀者因為「只想學日文」而跳過英文的部分（或著反過來）。相信讀者在學習的過程中也能漸漸體會出這樣的感覺。

　　正確的學習方法只有很簡單的四個步驟：

第一步　了解自己的程度。

第二步　學習適合自己程度的資源。

第三步　找到適當的輔助工具。

第四步　養成習慣並努力不懈地練習。

　　但是在真正開始「學習」之前，我們有些事要先做。

## A｜檢視身邊現有資源

　　還記得你當初玩網路遊戲的那段時光嗎？無論是天堂、龍族、楓之谷、魔獸世界還是暗黑破壞神，創完角色後的第一件事情是找尋「身邊現有可以利用的資源」：問問看朋友有沒有人也在玩、問問看有沒有工會可以加、有沒有多餘的裝備可以給弄。

　　而學語言也是一樣，舉例來說，回想一下英文的本質是什麼？英文的本質呢，就是真人版的霧島……喔，那是蔡英文……。

　　不好意思，那不是我們要討論的英文，我們重新來一遍。

　　英文是全球非英語系國家公認的第一外語，也是台灣從各級學校乃至公私立企業都極力推廣的技能，既然政府與企業都大力相挺，那肯定有很多補助與資源可以運用，日文也是類似的情形。所以在開始學語言之前，第一個要做的事情是調查以你目前身份可以使用的學習資源。

　　舉例來說，若你是大學生，請先查詢學校英日文課的時間與評價，看有沒有適合你程度的課程；查詢學校語言中心的活動，看有沒有你可以參與的圓桌討論、團體會議；查詢校內有沒有英日語交流社團或是相關比賽；查詢學校是否與其他網站或團體合作，可否直接用學生證獲得課程參與權或折扣優惠……等等。

　　若你是上班族，請先查詢公司是否有跟語言學習相關的員工訓練課程；查詢公司是否有同事在組英日文研究社團；查詢公司是否與其他網站或團體合作，可否直接用員工證獲得課程參與權或折扣優惠……等等。

　　這些資源是你目前身份所應得到的權利，同時也可以讓你在低金錢成本（或零成本）的前提下獲得比一般人更多的優勢，請務必優先調查清楚。

## B｜基本電腦能力

在這本書中，我極力推廣「數位學習」，這裡的數位學習指的不是只有透過網路視訊教學，任何數位化工具、數位化資源都包含在「數位學習」的領域內。而「數位學習」為什麼這麼重要呢？請讀者參閱 脫魯祕笈 ，裡面有更詳細的說明。

本書會提供你許多武器來學習英日語，其中最重要的武器就是之前提到的 Anki 這個軟體，我們會利用 Anki 建立很多張數位單字卡，因此，若能有效縮短「建立一張新卡片的時間」，長久下來，就能大幅提升我們的學習效率。

因此建議每位讀者盡可能加強基本的電腦能力，更何況現在這個時代最強勢的技能除了語言能力外，再來肯定就是電腦能力，加強電腦能力百利而無一害，甚至在很多情況下後者的重要性都還更勝一籌呢。

## C｜加強英文打字能力

在數位時代學習語言，除了要會「手寫」以外，更重要的是要會在電腦「輸入」，否則會大大降低學習效率。事實上，就跟中文一樣，在生活中用電腦輸入英文與日文的機會遠比用手寫的機會高得多。

英文打字不難，就跟以前練習打注音或倉頡的時候一樣，一開始先看著鍵盤慢慢打，多打多錯幾次之後，慢慢就會記起每個字母的位置了。等到可以盲打英文後，就可以漸漸加快打字速度，並試著用英文打文章，練習方法如下，更多資訊請參閱 脫魯祕笈 ：

1. 手指要擺在鍵盤正確的位置。用 Google 搜尋：鍵盤／手指／位置

2. 從字母開始不停重複練習，直到鍵盤與字母位置進入肌肉記

憶。用 Google 搜尋：英文打字練習或 touch typing practice

3. 拿有意義的文章來做練習，例如照著新聞文章打，漸漸記起某些單字的「手順」。用 Google 搜尋：article for typing practice

4. 玩打字遊戲，網路上很多免費又好玩的打字遊戲。用 Google 搜尋：typing game 或 The Typing of The Dead 或 Ztype

**練習英文打字有幾個主要目的：**

第一個是可以加快新增 Anki 卡片的速度，提升學習效率。

第二個是學英文需要練習「寫英文文章」，到時終究還是要練習英文打字的，總不可能都用手寫吧！

第三個是假設你之後要學習日文的話，日文打字方式跟英文打字一模一樣，可以一石二鳥。

## D｜加強日文打字能力

Windows 10 新增日文輸入法的方法：控制台→時間與語言→語言→選取「新增慣用語言」→選取日文→新增。

◉ 左下角按開始→設定。

● 控制台→時間與語言

● 語言→選取「新增慣用語言」

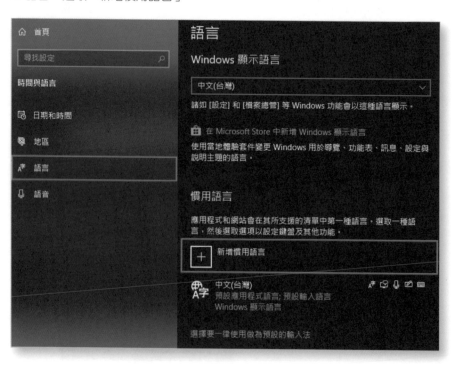

● 選取日文→下一步

● 按下「安裝」，就新增成功了。

● 鍵盤快捷鍵的切換方法如右：

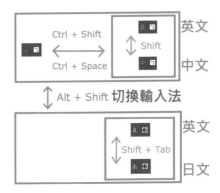

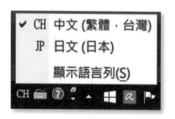

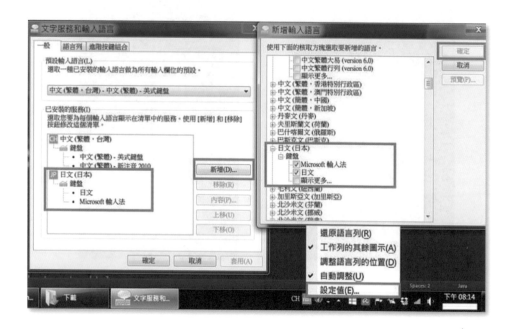

Windows 7 啟用日文輸入法：在右下角語言列按右鍵→設定值→新增→日文鍵盤→確定→確定。

新增完成後點選語言列，應該會長這個樣子：

Tips

如果新增時找不到日文的話，請確定 Windows Update 已更新到最新版且有下載日文輔助語系。

在右下角語言列可切換不同輸入法。要讓語言列變成下面這個樣子，才可用羅馬拼音輸入日文：

你可以用滑鼠點擊語言列來操作，但我更推薦使用鍵盤快捷鍵，強烈建議有心學習日文的讀者將右圖列印出來放在電腦旁，此圖可在 脫魯祕笈 中下載並列印。

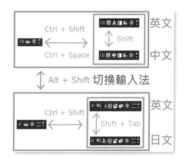

微軟新注音與日文的選字開啟方式有些不同，注音是按方向鍵「下」來選字；而日文是按空白鍵來選字。請參考右圖：

## 簡易日文輸入教學：

### 1. 五十音

方法：照著發音用羅馬拼音輸入

注意 1：らりるれろ 打字都是 R 而非 L 開頭，但口語發音要念 L

注意 2：ん 盡量輸入「nn」而不是「n」，減少錯誤機率

・わんこ＝wannko

・りんご＝rinngo

・ロリコン＝rorikonn


## 2. 濁音／半濁音

方法：照著發音用羅馬拼音輸入

注意：づ 發「zu」的音，但打字時要輸入「du」

・ばんざい＝bannzai

・すずめ＝suzume

・つづく＝tuduku

・パンツ＝panntu


## 3. 長音

方法：發音時需要注意發音長度，但打字時只需照著發音用羅馬
　　　拼音輸入即可

注意：「ー」請輸入「－（減號）」，輸入之後會自動轉換成「ー」

・くうき＝kuuki

・とおい＝tooi

・えいが＝eiga

・ブルマー＝buruma－

・アバター＝abata－

## 4. 促音

方法：打っ或ッ時，重複輸入其後方第一個字的羅馬拼音開頭

範例 1：そっくり 這個字當中，っ的後面是く(ku)，故重複 ku 的開頭「k」，變成 kku，そっくり ＝sokkuri

範例 2：おっぱい 這個字當中，っ的後面是ぱ(pa)，故重複 pa 的開頭「p」，變成 ppa，おっぱい＝oppai

・みっつ＝mittu

・ざっし＝zassi

・エッチ＝ecchi

## 5. 拗音

方法：照著發音用羅馬拼音輸入

・しょ＝syo

・しゃ＝sya

・みゅ＝myu

・きゃ＝kya

・しょうじょ＝syoujyo

・りゅうせい＝ryuusei

・ジャンプ＝jyannpu

## 6. 小字

方法：單獨打出和促音、拗音一樣的小字，可在該字的羅馬拼音前面加上 L

- あ い う え お＝la, li, lu, le, lo

- っ＝ltu

- ょ＝lyo

- ゃ＝lya

- ファッ＝faltu


## 7. 綜合練習

- ちょっと＝cyotto

- いっしょに＝issyoni

- しょうがっこう＝syougakkou

- いらっしゃってください＝irassyattekudasai

- あぁ^〜心がぴょんぴょんするんじゃぁ^〜

  ＝ala^〜kokorogapyonnpyonnsurunnjyala^〜


## E｜常用快捷鍵

在建立 Anki 卡片的過程中，我們常常需要做全選、複製、貼上、切換視窗等動作，你可以用滑鼠右鍵慢慢按，也可以使用鍵盤快捷鍵快速達到同樣的效果。如同之前提到的，我們會利用 Anki 建立很多張數位單字卡，若能有效縮短「建立一張新卡片的時間」，就能大幅提升學習效率。

而除了 Anki 外，這些快捷鍵也適用於大部分軟體如 Microsoft Word, Excel, Powerpoint 等等，學會了之後有益無害，對你日後工作效率都會有所幫助。

| 功用 | Windows 系統 | 蘋果 MAC |
|---|---|---|
| 全選 | ctrl＋a | command＋a |
| 複製 | ctrl＋c | command＋c |
| 剪下 | ctrl＋x | command＋x |
| 貼上 | ctrl＋v | command＋v |
| 切換上個軟體視窗 | alt＋tab | command＋tab |
| 切換軟體視窗 | alt＋tab（alt 不放，用 tab 選擇） | command＋tab（command 不放，用 tab 選擇） |
| 切換下一個輸入欄位 | tab | tab |
| 切換上一個輸入欄位 | shift＋tab | shift＋tab |
| 往前選取前一個字元 | shift＋方向按鍵左右 | shift＋方向按鍵左右 |
| 往前選取前一個詞 | shift＋ctrl＋方向按鍵左右 | shift＋ctrl＋方向按鍵左右 |
| 選取某個詞 | 滑鼠點在該詞任意部位兩下 | 滑鼠點在該詞任意部位兩下 |
| 往前選取到行頭 | shift＋home | command＋shift＋方向鍵左 |
| 往後選取到行尾 | shift＋end | command＋shift＋方向鍵右 |

　　字元即為 Character，詞即為 Word。一個句子可以包含多個詞，而一個詞可以包含多個字元。例如 "This is a book" 是一個句子，裡面包含了 4 個詞；而其中的 book 是一個詞，裡面包含了 b,o,o,k 這 4 個字元。

　　實際來操作看看，例如在 Google 首頁的搜尋欄位輸入 "This is a book"：

　　・將游標移到句子尾端，往前選取前一個字元會選到 k
　　・將游標移到句子尾端，往前選取前一個詞會選到 book
　　・將游標移到句子尾端，往後選取到行頭會選到 "This is a book" 整句

## 2·穩固核心基礎

妹妹每次跟我聊天時都只會說：「嗯嗯、呵呵、先洗澡。」我本來以為妹妹特別討厭我，一問之下才知道，原來妹妹也很想跟我聊天，只是她中文單字量不足，表達不出對哥哥我的思慕之意。也就是說，妹妹並沒有特別討厭我，只是跟其他人一樣普通討厭我而已。

各位讀者試著想想看，你今天難得學了一個外語，結果跟妹妹一樣，**因為單字量不足無法表達想表達的東西**，這不是一件很可惜的事情嗎？（P.S. 我也是看報紙才知道我沒有妹妹。）

### A｜面對現實

學語言是一定要背單字的，老外學中文還不是一樣要背中文單字，我們學英文背英文單字是天經地義。單字量是語言最重要的核心，如同本書一開始所提到的：**單字量會是決定你語言程度的一個重要指標**。

你可能聽過其他號稱「不用背單字」的學習方法，例如某些老師會提倡「字首字尾法」，藉由觀察單字的字首字尾來推測該單字的意思，看似很厲害對吧？問題是你還是要先去背那些字首字尾的規則啊！再說那套規則也有不少「例外單字」，到頭來就是你少背了一些單字，但額外多背了一些規則與不符合該規則的例外單字，這樣會比較輕鬆嗎？

更何況如同前面章節所提，當真正要用到語言時，根本沒有時間讓你在那邊拼湊「特殊規則」，如果能在短時間內推敲出來，那你肯定要把規則記得很熟，啊你既然都願意把那些規則記熟，為什麼不直接把單字給記熟呢？很奇怪欸你！

　　所以說，與其在這種沒意義的地方鑽牛角尖，不如就接受這個事實：「學語言就是要記憶單字。」但反過來看，既然單字量對語言那麼重要，如果我們找到有效率的背單字方法，學起語言就會變得輕鬆許多。

## B ｜ 單字來源

　　單字來源主要分為三大類：

1. 你的「主要」學習資源，例如上課書本、講義、雜誌或教學網站。
2. 你學科的專業術語。
3. 你有興趣的內容。

　　第一類就不多做介紹了，既然你都已經將其選定為「主要」學習資源，就自然要把裡面的單字記一記，通常這類資源會包含許多常用字與各領域基礎單字，務必要好好熟記。

　　第二類是你學科的專業術語。你應該優先把自己專業能力範圍（通常就是你就讀的學科）所涵蓋的單字，也就是所謂的 Jargon（專業術語）記熟，要熟到看到它的瞬間就能理解其代表的意義，要特別注意的是，這些 Jargon 在專業科目上代表的意義可能與其平常用法不同，務必要弄清楚。如果你是在學生的話，請盡早投資心力在這些專業術語上，對於這些字詞的敏銳度會大大影響你的專業科目學習效率：

- 以資工系來說：Thread, Synchronize, Duplex, Instance, Polymorphism, Encryption, Algorithm 等等。
- 以醫學系來說：請上 YouTube 搜尋：陳彥伯的英文小教室

第三類是你感興趣的內容。大家都知道有興趣的東西學起來最快，語言也是如此，你可以找有興趣的主題搜尋相關短文來閱讀，例如：

- 上 IGN 看 The Last of Us 的 Review。
- 上 4chan 看「がっこうぐらし！」的實況討論。
- 上 MLBTV 看陳偉殷的專訪。
- 上 ESPN 看 Dwight Howard 的魔獸人生。
- 上 Ameba 看你老婆橋本環奈的部落格。
  ……依此類推。

請記得要找的是「短」文，差不多就是一則新聞、一則電玩評論、或幾則論壇文章的長度，這些短文就已經有很多單字可以學習了，真心不騙。

千萬千萬不要找小說，太長的文章只會讓你備感壓力，學習效果非常的差。有時你會看到「托福滿分的高中生平常興趣是看原文小說」之類的新聞，你可以給他拍拍手，但人家是「因為英文好所以看原文小說」，而不是「因為看了原文小說所以英文變好」。那些為了學英文而看原文小說的人，10 個人裡面有 11 個人只讀了二十頁就放在書櫃長灰塵。

而除了這些大方向外，別忘了要選擇「適合自己程度」的內容，學習效率才會高。

# 3·Anki 卡片範例

Anki 會是你學習語言最強的武器，我們會用它來背單字、記發音、記文法、記片語，它會是你未來生活中除了初音以外跟你最親密的軟體，所以請務必跟它好好相處。關於 Anki 的詳細操作方式，請見本書 Part 2。

我使用 Anki 超過七年，對 Anki 算是略懂略懂，長久以來也用出了一些心得。用 Anki 建立英、日語學習卡片請盡量把握以下原則：

· 卡片的開頭應明確指出這張卡片要傳達的知識重點／關鍵字。
· 一張卡片只記錄一個要學習的知識。
· 如果一張卡片有一個以上的知識，將其打散成多張卡片。
· 一張卡片一面的長度應該在 5 行以內，若超過表示內容有切割成多張卡片的空間。
· 一張卡片應該可以在 10 秒內理解，若超過表示內容有切割成多張卡片的空間。
· 建立一張新卡片的步驟越簡單越好、時間越短越好。

如果你有寫過程式的話，是不是覺得這些原則跟建立 Function 的原則很像呢？沒錯，兩者概念是一模一樣的。

## A ｜基本單字

就跟吃烤肉一定要配吐司一樣，背單字也一定要配例句，獨立的單字本身不容易記憶，但配上句子後就好記很多。建議初學者可採用以下格式製作卡片，這類單字卡會佔你牌組的一大部分：

· 正面：英日文單字、（發音）、英日文句子
· 反面：中文單字、（音標）、中文句子
· 視情況增加圖片或其他多媒體檔

◯ 有些單字用文字比較難表達，用 Google 搜尋圖片
　將其意象化會比文字容易記憶。

Question

## Pagoda

Answer

## B｜文法、片語、慣用句

　　記文法、片語與慣用句最簡單的方法就是大量閱讀「套用不同單字的同一個句型」，也就是所謂的<u>照樣造句</u>，這種句子你每天一直看一直看一直看，看到最後就會產生語感，而語感就是學習語言最強的武器。這類卡片會佔你牌組的另一大部分。

My brother gets accustomed to the
cold weather in New York.
I'm accustomed to having six hours'
sleep a night.
───────────────
be / get used to + N/V-ing
= be / get accustomed to + N/V-ing

Look forward to + 名詞
I look forward to Jane's English class
every week.
───────────────
I am looking forward to ... V-ing
情感上的表達更濃烈，代表更渴望、更急
切的期待
I am looking forward to seeing you.

勇敢地面對困難;接受應得的懲罰

他偷竊物品被逮到,他必須接受應得的懲罰。

───────────────

face the music

After he was caught with the stolen goods, he had
to face the music.

⬦ 用大量的例句來讓自己對「ば～ほど」這個句型產生「語感」。

魚は新しければ新しいほどおいしい

魚は新しいほどおいしい
魚(さかな)は新(あたら)しいほどおいしい

長く眠れば眠るほど、疲れる

長(なが)く眠(ねむ)れば眠(ねむ)るほど、疲(つか)れる
The longer I sleep, the more tired I become

練習すればするほど、上手になります

練習(れんしゅう)すればするほど、上手(じょうず)になります
越練習就越熟練

## C｜特殊目的

有些時候，我們需要建立一些特殊目的的卡片，例如：

- 有兩個單字意思相近，想加強印象將兩者分清楚。
- 有些單字有特殊的規則變化。
- 想比較某單字的同義詞、反義詞。
- 常常拼錯或記錯的單字，想加強印象。
- 常搞混的介係詞。

⬦ 因為無法解釋的歷史共業，explanation 永遠比 explain 少了一個 i，將這種特殊單字特別拿出來記憶。

explain [ix]
I've got to explain about it

explanation [ㄟx plㄟ nㄟ tion]
What did he say in explanation of his lateness ?

◆ 不定代名詞 any-one, everyone, someone, some-body, no one, each, either one, nobody 永遠是單數。

> Anyone who wants to go to college has to pass entrance exams.
>
> ---
>
> 不定代名詞 anyone, everyone, someone, somebody, no one, each, either one, nobody 永遠是單數

◆ apart from 有兩個意思，要看上下文決定。

> apart from 和 aside from
> 兼具 besides 和 except (for) 的意思
> 必須從上下文來判斷
>
> ---
>
> Apart/Aside from the new freshmen, all the students were there.
> Apart/aside from being too large, it just doesn't suit me.

◆ 用一張卡片比對 surprise, surprised 與 surprising 的用法。

> It was surprising that he was fired.
>
> ---
>
> I'm surprised that he was fired.
> To our surprise, he was fired.

◆ "An employee works for the employer." 一張卡片讓你不再搞混誰才是雇主。

> employee is the worker.
> employer is the owner.
>
> ---
>
> An employee works for the employer.

◯ 一張卡片理解 "unlike" 跟 "dislike" 的差別。

> Unlike other students, John dislike computer games.
>
> like unlike
> like dislike

◯ 一張卡片理解 "every day" 跟 "everyday" 的差別。

> I study everyday English every day.
>
> every day 每一天
> everyday 每天的、日常的

◯ 將具有類似意義的 colleague, associate, fellow worker 放在一起加深印象。

> a colleague;
> an associate;
> a fellow worker
>
> 咖裡個

◯ 我常拼錯 personnel 這個單字，用這張卡片來提醒自己它有兩個 'n'。

> personnel
> person nel
>
> The personnel have been complaining about working late.
>
> The plural personnels is not used, because this word is a collective noun.

➡ 用這張卡片記住 number of, amount of, vo-lume of 後面接單數或複數。

A large amount of time and money.
A large amount of work.
A large volume of traffic.

A large number of people.
The quantity of water is alarming.
Sam has small quantit[ies] of bricks in his garden.

➡ 將まやかし、ごまかす、にせもの、いかさま、いんちき 這幾個意思相近的單字放一起，加強印象。

いかさま
いんちき
「売り込みの言葉に―がある」

まやかし
ごまかす
にせもの

➡ 同上，這張卡片的知識目的不在個別的單字，而是將這些單字做連結。

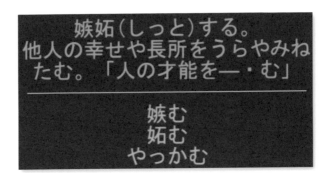

嫉妬(しっと)する。
他人の幸せや長所をうらやみねたむ。「人の才能を―・む」

嫉む
妬む
やっかむ

　　剛開始建立卡片時不太容易抓到重點，一不小心就會建立漏漏長的卡片。一張卡片包含的資訊太多就不容易記憶，導致學習效率降低。但是讀者也不必太擔心，當這張卡片一直出現，你對這張卡片內容越來越熟悉後就會慢慢抓到重點，並移除掉多餘的文字。

你可以在任何時刻修改任何卡片,調整成最適合自己學習方式的內容,這是一個需要經驗累積慢慢改進的過程,不需要太過著急,持之以恆才是最重要的。

# 4 · 閱讀、聽力／寫作、口說

## A ｜核心基礎

只要持之以恆使用 Anki 學習,你的單字量、文法、片語都會有顯著的提升,而這些正是所謂語言的「核心基礎」,就像蓋房子要打地基一樣,這些核心基礎就是你語言能力的地基,地基要穩固語言能力才會穩固。

舉例來說,假設你已經記熟 compensation 這個單字,在文章內看到也能馬上理解其意思,可是當從影片或收音機聽到包含這個單字的句子時,卻聽不太出來。在這個情況,你只要重複多聽幾遍,或是放慢影片的速度,就有機會從句子中「聽出」這個單字,因為你核心基礎是穩固的。

相反的,假設你根本不知道 compensation 這個單字,那麼即使你重複聽個一千遍、一萬遍,把播放速度調到比樹懶講笑話還慢,你也還是不可能從句子中「聽出」這個單字,因為你根本就不會這個單字,同樣的情形也可以套用在文法與片語上。

如果單字、文法、片語這些「核心基礎」不穩,那麼聽說讀寫能力也很難提升。即使你一秒鐘幾十萬上下,可以在瞬間讀完一篇文章,但只要文章內有一個關鍵的單字你沒看過,就可能看不出該文章的主題;或是有一個關鍵的文法你沒記熟,就可能整個誤解該文章的意思。

我們來看個最有說服力的例子——中國古典文學,下面這是白賊

義的弟弟白居易寫的一首詩：

《對酒吟》　　　白居易
一拋學士筆，三佩使君符。
未換銀青綬，唯添雪白須。
公門衙退掩，妓席客來鋪。
履舄從相近，謳吟任所須。
金銜嘶五馬，鈿帶舞雙姝。
不得當年有，猶勝到老無。
合聲歌漢月，齊手拍吳歈。
今夜還先醉，應煩紅袖扶。

　　你覺得你的中文閱讀能力如何？應該很強吧！那你可以告訴我上面這首詩裡面提到了幾個人嗎？這首詩的主題又是什麼呢？嗯？為什麼回答不出來呢？

　　這就是我剛剛想表達的東西，你中文閱讀能力沒有問題，可是你對古文的「單字」與「文法」不熟，即使整段文章都可以念得通順，還是不知道內容在講什麼。

　　語言學習也是這樣，許多人覺得自己的聽說讀寫能力不好，但實際上並不是聽力不夠好、也不是閱讀速度不夠快，而是語言的核心基礎不夠穩固，如果你就是沒學過文章內某個單字，那麼即便聽力再好、閱讀速度再快，也還是不可能聽懂或看懂該單字啊！

　　所以本書才會一直強調 Anki 的重要性，利用 Anki 加強你的語言核心基礎是學習路上最重要的事情之一，只要核心基礎穩了，接下來要做的事就只是將其與聽說讀寫能力做「連結」而已。

## B | 聽力、閱讀

聽力大致可以分為兩種，一種是聽單字，一種是聽句子或文章。其中單字部分對我們來說完全不是問題，因為在利用 Anki 建立單字卡時，我們就已經將發音插入卡片中，只要持之以恆使用 Anki，自然就會記熟單字發音。

而聽「句子」就是真正測試自己聽力程度了，雖然聽整句英文感覺很恐怖，但仔細想想這根本就沒什麼啊！「句子」是由很多「單字」所組成的，既然聽「單字」對我們來說不是問題，那聽「句子」也不會多難！會覺得難只有三個可能：

1. 該句子有你不熟的單字。→就去記熟該單字啊！

2. 該句子有你不熟的文法或片語。→就去記熟該文法或片語啊！

3. 該句子的所有內容你都懂，但聽不出來。→就多聽幾遍啊！

閱讀與聽力有很大一部分在於「能不能抓到文章的主題／對話的主題」，而抓主題的重點就是單字量，也就是核心基礎。你對財經領域的單字不熟，自然看不懂財經相關的文章；你對政治領域的單字量不夠，自然聽不懂政治新聞；你對資訊業的術語不熟，自然看不懂開發者大會；這是理所當然的事情。

除了加強核心基礎外，再來就是要盡可能提升閱讀與聽力的「語感」，「語感」是個很抽象的概念，我個人認為語感就是你對語言的熟悉度，當你對一個語言非常非常熟悉的時候，你的大腦就會用接近母語的方式去解析該語言。有興趣的讀者可以參考一下 Typoglycemia 這個主題。

Typoglycemia 屬於認知科學研究領域的一部份，舉來例說，我們對中文很悉熟，所以即使這段文字序順是都誤錯的也不會影響你的讀

閱。因為我們的腦袋對中文已經太悉熟了，因此會自動對上述句子做出修正，而一個對中文語感不足的外國人腦袋是無法做到同樣程度的。

提升語感沒有別條路，就只有持續多閱讀、多聽、多閱讀、多聽。學習時盡量找自己有興趣的資源，學起來會比較有效率。現有的資源非常多：

- 雜誌：《大家說英語》、《空中英語雜誌》、《Advanced》等
- 影片：電影、影集、短片等
- 收音機：ICRT, CNN Student News 等
- Podcast：CNN, ABC, BBC 等

選資源時記得要**符合自己程度**，同時注意你此時是在「學習」而不是在娛樂，要學習就是真的要學到東西，不是看完或聽完就交差了事，不要犯了本書一開始就提到的錯誤。

## C｜寫作、口說

寫作與口說一樣需要強大的核心基礎做後盾，如果你核心基礎的單字量不夠大，能表達的東西就會大大受限，講一句話要停頓下來想好幾次、寫個文章要上網查半天，這樣怎麼會有效率？所以說，改善寫作與口說的第一步還是那句話：請加強單字、文法等核心基礎。

除了加強核心基礎外，再來就是要盡可能提升寫作與口說的「語感」，提升語感沒有別條路，就只有持續多寫、多說、多寫、多說。建議初學者先練習寫作，因為寫作不像口說一樣容易受到其他因素影響，你不太可能隨時都能找得到人跟你練習口說，但只要有紙筆或電腦隨時都可以練習寫作。

　　有很多資源可以提升寫作能力，初學者請多多練習<u>照樣造句</u>，看著例句，試著替換掉部分單字並造出新的句子，這個過程對語言學習非常非常有幫助，請務必多加練習。當照樣造句已經不是問題後，就可以嘗試看看寫些小文章，我目前最推薦的是 Lang-8 這個平台，它可以讓全世界網友們互相糾正彼此的文章，詳細資訊請上網查詢，網路上很多教學，這邊就不再重複介紹。

　　當你在 Lang-8 的文章漸漸不再出現常犯的錯誤後，就可以開始利用語言交換網站與外國網友交談，將自己在 Lang-8 訓練出來的寫作能力實際運用出來。網路上有許多語言交換網站可跟外國人直接交流，但大多要付費才能使用，因此我推薦 Conversation Exchange，它是少數完全免費且允許會員自由聯絡的網站，除了筆談外，若雙方合意，也可以利用通訊軟體交換小祕密，透過網路隔空交談而不用擔心被隔空水桶，是個相當不錯的平台。

　　再強調一次，請讀者盡可能遵照循序漸進的概念，務必使用<u>**適合自己程度的資源**</u>，學習才會有效率。如果你連看著課本範例照樣造句都有問題，那即使透過語言交換網站認識高加索小鮮肉，你的語言能力也只會給對方造成困擾、浪費彼此時間而已。

　　接下來談一下口說的練習，城武我之前幫電信業者拍廣告時有跟大家說過：**「世界越快，心，則慢」**。初學者練習口說的第一步先記得要「慢」就好。慢！不要急，你是要練習口說，不是要應徵電競主持人，不需要練到五速嘴。慢慢來，講求每個音節發音的正確性，看著課本，慢慢念；練習對話，慢慢講；**三環三線，慢慢蓋**。

　　大家都知道口說比寫作難，但這跟語言能力沒關係。舉例來說，要你用中文在社交 App 上發些無病呻吟的動態會很難嗎？不會啦！這你每天都在做，怎麼可能會難。可是要你用中文在親朋好友面前講出

同樣的內容就困難多了吧！所以說，口說比寫作難並不是語言能力的問題，而是羞恥心與臨場壓力在作祟，你害怕在眾人面前開口、你害怕自己會講不好，越害怕就越不敢開口，越不敢開口就越容易講錯，陷入惡性循環。

而要突破羞恥心與臨場壓力的重點就是培養自信，就跟跳舞或唱歌一樣，如果只練過一兩次就趕鴨子上架，在台上當然會怯場；但若在台下練過數十次甚至上百次，你知道自己能夠做到，那麼上台後自然會充滿了自信。

自信是由一次次成功的練習慢慢建立起來的，口說的練習資源相對較稀少，所以更要把握各種練習機會，背單字時看著例句念一遍、照著文章念一遍、跟著影片念一遍、跟著收音機念一遍、跟著陳冠希念一遍，不斷找機會練習，讓身體抓住發音的感覺。

除了發音的基本功以外，如果有可以在眾人面前磨練自己的機會更要踴躍爭取：報名語言競賽、參與英日語圓桌討論、參加讀書會等等。譬如我在 Lab Meeting 會主動用英文報 Paper，有機會時，你在公司或小組報告時也可以用這個方法。多一次練習，就多一次進步的機會，建立起自信、培養起語感，跟人對話時自然而然就會講得出來了。

這真的沒什麼好害怕的，回想一下，你小時候換牙拔牙齒時痛不痛？痛死啦！你看，成長的過程那麼痛苦你都一路走過來了，現在是在怕什麼？不去嘗試就永遠不會進步。做，就對了。

# 5・VoiceTube

我升大四弄完研究所推甄資料後，閒著也是閒著，於是上網幫忙翻譯一些有趣的 YouTube 影片，讓不懂英、日文的網友們也可以理解影片內容，但是這樣將影片加上中文字幕後製再上傳是會侵犯原作者

版權的。當時腦海中浮現最簡單的解法就是製作個平台，使用 Flash 圖層嵌入來實現「影片與字幕分離」功能，但是過沒多久 Adobe 就宣布放棄開發行動裝置的 Flash 技術，於是這個 Idea 也就這樣胎死腹中。

幾個月後，我在網路上偶然遇見了 VoiceTube，它不僅完美實作了我當初的想法，而且做得更棒、更好！這種感覺就像是你想在空中飛，於是在家裡畫竹蜻蜓的設計圖，結果走出戶外發現鄰居已經製作出一架直升機一樣。這樣的因緣也讓我從此成了 VoiceTube 忠實的使用者。

VoiceTube 是全台灣最大的免費線上影音學習平台，收錄最熱門、最新、最多元的英文影片，還有中英文字幕翻譯，**能讓我們藉由看電影、音樂及生活影片提升英語能力**。目前擁有超過 320 萬會員，相信許多讀者平時就有使用 VoiceTube 的習慣，若你以前沒有使用過，不妨現在就去嘗試看看！

・VoiceTube 官方網站
　網址：https://tw.voicetube.com/

・VoiceTube Android App
　下載：https://miny.app/qpvrk

・VoiceTube iOS App
　下載：https://miny.app/z8jkv

Web　　　　Android　　　　iOS

VoiceTube 成立至今，已榮獲包含經濟部中小企業創新研究獎在內多個國內外獎項，並曾被台灣 Google 在社群平台上公開推薦，2016 年則從 89 國、1000 多名參賽者中脫穎而出，得到臉書年度 app 大獎（FbStart Apps of the Year Award）。

## A｜免費功能

正如本書一直不斷強調的，學習務必要挑選適合自己程度的資源，學起來才會有效率，而 VoiceTube 將各種影片分成不同程度，讀者可依照自己的程度選擇適合自己的教材。請將滑鼠指向最上方的「分級」，選擇適合自己的程度區間，並點選感興趣的影片開始體驗吧！

VoiceTube 除了提供會員免費線上影音學習平台之外，也致力於公益活動，曾與桃園香光教育中心合作，由工作人員指導老師使用 VoiceTube 網站，為當地小朋友上英文課，除了降低城鄉數位落差，也希望營造寓教於樂的英語學習環境。

VoiceTube 不需要申請帳號即可使用大部分功能，例如單句播放、顯示語言字幕、調整播放速度等等，但是強烈建議有心想學習的讀者務必申請一個帳號，在登入之後，你就可以利用 VoiceTube 的即時查詢翻譯功能，邊看影片邊查詢字幕中的單字解釋，並將有興趣的

的單字、佳句與筆記記錄起來，這些記錄起來的內容會存放在你的「個人學習簿」裡面，讓你在看完影片後也能持續複習。除此之外，你也能透過該頁面掌握自己看過的影片、目前學習進度與累計學習時間等各項統計資訊，提供一個非常全面且豐富的學習經驗。VoiceTube 完整的功能導覽請見以下網址：https://goo.gl/xarGfo

　　VoiceTube 對我英語程度的提升有很大的幫助，特別是聽力部份，建議讀者練習聽力時，一個影片要看兩次：第一次先試著在不開字幕的情況下看能不能聽懂，第二次則開著字幕聽，看能不能聽出之前漏掉的地方。如果這樣子會感到有點吃力的話，你可以試著反過來：第一次先開字幕看影片，第二次才關字幕看，看能不能聽出剛剛看見的內容。不管你選用哪一種方式，一定要看兩次來感受聽覺的差異，這樣的小技巧可以培養你對字彙的靈敏度。

　　除了聽力之外，VoiceTube 還有口說、測驗兩種模式。「口說模式」會要求你跟著影片中的人物念一遍，也就是老師們不停提倡的「跟讀」，耳朵聽完一遍後嘴巴馬上跟著說一遍，模仿影片中人物的語氣、重音與語調，這樣的練習模式可以培養腦袋對於英文的敏感度，讓你進步迅速。但是請務必要挑選符合自己程度的影片來做練習，在開始練習口說之前，請確定該句子中每一個單字、文法與語意你都已經清楚理解，如果只是跟著外國人複誦一串自己都不懂的文字，那跟念咒語沒什麼兩樣，這樣是學不到東西的。「測驗模式」則利用類似克漏字的方法，播放語音並讓你輸入聽到的單字，藉由此測驗你可以快速檢驗自己是否能在不看字幕的前提下，聽出句子中正確的單字。

## B｜Hero 課程

　　VoiceTube Hero 是 VoiceTube 的付費課程，由 VoiceTube 專業師資團隊獨家設計，打造最有效率的影片學習模式。使用者可以將之想像為進階版的 VoiceTube，包含所有免費版的功能，並提供了更多提升學習效率的工具，能在符合使用者程度的前提下提供最佳學習教材。

　　Hero 課程非常重視你是否確實吸收了影片內容，每堂課程結束後會用許多不同類型的題目，全方位地測驗你是否完整理解，例如影片內容選擇題、字彙選擇、慣用語、延伸寫作、口說對話……等，測驗完後 Hero 還會針對答錯的題目讓你加強練習。不只是這樣，Hero 也會幫你排程未來的上課時間與複習時間，結合 Hero 個人日曆功能，讓你對學習時程規劃一目了然，並自動在上課前寄 E-mail 提醒你。你在課程中學到的單字也會記錄在 Hero 智慧型個人化單字本中，隨時可以拿出來複習，而 Hero 單字本跟我們先前所介紹 Anki 採用一模一樣的演算法，已經會用 Anki 的人很快就能對 Hero 的使用方式上手，還沒使用過 Anki 的人也能藉由 Hero 單字本感受其高效率的複習模式。

　　當然，VoiceTube 的 Hero 課程不只包含這些功能，有興趣的讀者請上 Hero 課程網站免費體驗看看。如本書一開始所提到的，「金錢成本」與「學習效率」一向都是一體兩面的東西，若你覺得 VoiceTube 是個不錯的學習工具，在學習英語的路上給予你不少幫助，那麼不妨嘗試看看 VoiceTube 專業師資設計的 Hero 課程，相信能獲得更完整的學習體驗。

　　無論是免費且實用的 VoiceTube，或是付費但更有效率的 Hero 課程，你都可以自己調整上課時間、學習進度，保存單字、文法、慣用語、錄音檔案和筆記，並利用統計數據掌握自己的學習資訊。但是最後還是要再次提醒讀者，**一個好的工具可以大幅提升學習效率，但學習從來就不是一蹴可幾的事**。就跟你不會因為繳費給補習班後就變得超強一樣，你也不會因為申請了 VoiceTube 帳號或購買 Hero 課程後能力就瞬間突飛猛進，必須要老老實實跟著它的進度學習，每天至少看一部影片、在聽力模式將不會的單字記錄起來、在口說模式跟著影片裡的人物複誦一遍，並利用測驗模式檢視自己的學習成果，才能發揮這些工具最大的價值。

## 6·多益、日檢測驗技巧

　　請參閱 脫魯祕笈 。

脫魯祕笈

網址：https://tolu.tw/

# Part 2

# Anki 完全操作手冊

# 第3章 | Anki 簡介

Anki 是一款能協助我們記憶東西的軟體，第一次接觸時，可能會以為只是把單字卡電子化的工具，但事實上它提供了更多更為強大的功能，可以大幅提升使用者的學習效率。

舉例來說，平常背單字時，我們只是一股腦地背誦，假設有 100 張單字卡，我們就每天看這 100 張，但是這 100 張單字卡裡面：

- 有 50 張我們已經很熟悉了
- 有 30 張我們還不太熟
- 有 20 張我們非常陌生

由於紙本單字卡無法註記我們對每張卡片的熟悉度，導致浪費許多時間在已經熟悉的卡片上，而不熟的卡片還是不熟，學習效率不佳。

Anki 參考了 Spaced repetition、Active recall、與 Forgetting curve 等概念[1]，在其內部實作一套演算法來掌握我們對每一張卡片的「熟悉度」，運作範例如下：

- 每張卡片剛新增時都有一個預設的「熟悉度」。
- 當此卡片第一次出現時，Anki 根據使用者的選擇（**再一次、簡**

---

1 因為本書篇幅的關係，更多關於 Spaced repetition、Active recall 與 Forgetting curve 的資料請參考維基百科或相關論文。

單、普通、困難）記錄使用者對這張卡片的「熟悉度」，並由此計算「隔多久後才要再次讓使用者複習這張卡片」。

- 當使用者選擇**再一次**或**困難**，這張卡片就會比較快再度出現。
- 若使用者選擇**簡單**或**普通**，這張卡片就會隔比較久才會再度出現。
- 每次卡片出現時，都會再根據使用者的選擇調整其「熟悉度」與「下次出現的時間」。
- 於是熟悉的卡片會越隔越久才出現，不熟悉的卡片則會常常出現，直到使用者逐漸熟悉。
- 利用這樣的功能，我們就能專注在複習比較不熟悉的內容，大幅提升學習效率。

# 1 · 為什麼選擇 Anki

上述那些概念都是公開的學術論文與研究成果，世界上有這麼多軟體，一定有很多軟體也實作了這些概念[2]，為何要選擇用 Anki 呢？

沒錯，我在學習英、日語的路上用過許多軟體，但經過比較最後還是選擇了 Anki，原因如下：

- Anki 的功能非常齊全。
- 畫面清楚、簡單好操作。
- 單字卡除了文字外，也可插入多媒體檔案，如圖片、影片、聲音。
- 運用牌組與標籤可以妥善整理卡片，並在需要時快速搜尋。

---

2 Anki 的 Spaced repetition 演算法其實就是從另一個軟體 SuperMemo 的演算法 SM2 修改而來的。更多關於 Anki 的演算法資訊，請參考官方文件 "What spaced repetition algorithm does Anki use?"

- ‧擁有豐富的附加元件模組，使功能更加完善。
- ‧可自動備份並利用雲端同步。
- ‧可跨平台執行，包含各常見作業系統與行動裝置。
- ‧開放原始碼。
- ‧使用者多、社群大，有問題容易找到解答。
- **‧免費**。[3]

我在Facebook 上已經成立了 Anki 中文交流社團，由使用 Anki 超過七年的本書作者親自管理，歡迎有興趣的朋友加入交流，有任何 Anki 的資訊或疑問都可在社團內討論。

Tips

臉書公開社團：Anki 中文交流社團
網址：https://goo.gl/GeUqX4

## 2‧Anki 的版本

上面有提到 Anki 可以在多個平台執行，但是除非像 Java 一樣採取類似 JVM 的虛擬機器，否則不同架構平台上的軟體是不能直接拿到另一個平台上面執行的，那麼 Anki 為什麼可以呢？

答案很簡單：因為 Anki 針對不同平台開發了專屬的版本，如下頁表：

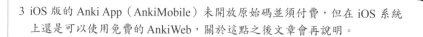

3 iOS 版的 Anki App（AnkiMobile）未開放原始碼並須付費，但在 iOS 系統上還是可以使用免費的 AnkiWeb，關於這點之後文章會再說明。

| 作業系統 | 適用裝置 | Anki 名稱/版本 | 價格 | 備註 |
|---|---|---|---|---|
| 微軟 Windows | 桌上、筆記型電腦 | Anki for Windows | 免費 | |
| 蘋果 Mac | 桌上、筆記型電腦 | Anki for Mac [4] | 免費 | |
| Debian/Ubuntu | 桌上、筆記型電腦 | Anki for Debian/Ubuntu | 免費 | 盡量至官網下載 .deb 檔安裝，apt 內的為舊版本。 |
| Linux/BSD | 桌上、筆記型電腦 | Anki Source | 免費 | 使用者須自行下載原始碼編譯、安裝相依檔。 |
| iOS | iPhone/iPad/iPod Touch | AnkiMobile | 須付費 | 由電腦版 Anki 原作者 Damien Elmes 開發維護。 |
| Android | Android 裝置 | AnkiDroid | 免費 | 由自由開發者以電腦版 Anki 開源碼為基礎開發。 |
| 任一作業系統 | 任一裝置 | AnkiWeb | 免費 | AnkiWeb 透過網頁方式呈現，故只要能瀏覽網頁的裝置皆可使用。 |

4 在蘋果的 App Store 可以搜尋到一款叫做 AnkiApp 的 App，但那款並不是 Anki 家族的一部分，只是單純名稱相似而已，讀者請不要買錯了！蘋果使用者請直接上 Anki 的官方網站（http://ankisrs.net/）下載 MAC 版的 Anki 或購買 iOS 版的 Anki。詳情請見這篇說明 "AnkiApp is not part of the Anki ecosystem"（網址：https://goo.gl/KVN7MV）

上述 Anki 版本除了 AnkiWeb 以外，都是可以在作業系統底下獨立運作的「軟體」。

AnkiWeb 則比較特殊，它是以網頁配合後端資料庫形成的一個「網頁頁面」，操作起來就跟一般瀏覽網頁時一樣，缺點在於使用者必須連上網才可使用，優點則是任何能夠連上網的裝置都能使用 AnkiWeb。這包含了上述的 Windows, Mac, Debian/Ubuntu, Linux/BSD, iOS, Android，以及其他能上網的裝置：非智慧型上網手機、PDA、黑莓機、Maemo、Windows Phone、Ubuntu 手機、Firefox OS、任天堂 NDS、Sony PSP 等等。

換句話說，iPhone 的使用者可以選擇付費購買 AnkiMobile 的 iPhone App，也可選擇免費使用瀏覽器連上 AnkiWeb 複習；AnkiMobile 能提供更完整的功能與支援，AnkiWeb 則能應付基本的使用需求。

就軟體工程的觀點來看，各版本或多或少都存在一些差異，但就使用者而言，每個版本都提供一致的功能與使用者經驗，故使用者只需要知道說有這些版本，以及在自己的裝置上要下載哪個版本，這樣就可以了。

接下來，我會帶讀者一步一步由淺入深使用 Anki 的各項基本功能，這裡的截圖主要以電腦版（Windows）的 Anki 為主，若使用其他版本的讀者也別擔心，因為步驟與選項都幾乎相同。

# 3·下載及安裝

　　接下來的步驟請在桌上型或筆記型電腦上進行。首先開啟網頁瀏覽器，連上 http://ankisrs.net/，見下圖。

## Download Anki

Windows　Mac　Linux　iPhone/Android　Development

## Download

2.1.35 is the latest stable release:

Download Anki for 64 bit Windows 7/8/10 (2.1.35-standard)

Download Anki for 32 bit Windows 7/8/10 (2.1.35-alternate)

If in doubt, choose the standard version, as most Windows installations are 64 bit these days. The alternate version uses an older toolkit, which lacks some improvements.

2.1.26 was a previous stable release:

Download Anki for 64 bit Windows 7/8/10 (2.1.26-standard)

Download Anki for 32 bit Windows 7/8/10 (2.1.26-alternate)

　　將網頁往下拉，依據你的作業系統選擇 Anki 版本，並按下下載按鈕。下載完成後，前往下載資料夾並開啟剛剛下載的 Anki 安裝檔，若之前沒安裝過 Anki 的話，什麼都不用更改，一直按下一步就可以安裝完成了。安裝完成後，在桌面就能看到 Anki 的捷徑，點兩下開啟。

Tips

若你之前已經下載過 Anki，
在安裝前請先確定 Anki 並未
在執行中。

# 4 · 選擇語言

　　第一次啟動 Anki 時，它會跳出「選擇語言」的畫面，這邊我們要選擇的是「顯示 Anki 介面的語言」，而不是「你想學習的語言」，所以請選擇你能夠理解的語言，對大部分人來說就是繁體中文。

　　但是有的人手滑不小心就按成了俄文，導致 Anki 介面變成了這樣：

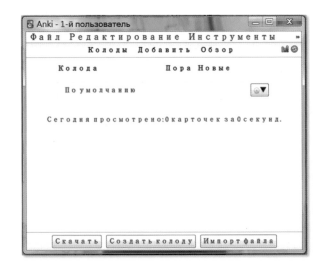

如果不小心選錯介面語言也不需要太擔心，只要刪掉 Anki 的
prefs.db 就可以重新選擇介面語言了，步驟如下：

1. 關閉 Anki
2. 找到 prefs.db

   Windows：在 C:\使用者\（你的使用者名稱）\AppData\Roaming\
   Anki2\prefs.db

   Mac：在～/Documents/Anki/prefs.db
3. 刪除 prefs.db，不用擔心，選擇完介面語言後 Anki 會自動建立一個
   新的 prefs.db
4. 重新開啟 Anki 即可重新選擇介面語言，這次不要再選錯囉！

# 第4章 | Anki 基本用法

## 1・介面說明

　　進入 Anki 主畫面後，2.0.X版本系列的介面如下。一開始對專有名詞感到困惑是正常的，接下來會一步一步說明。

❶ 檔案、編輯、工具、說明欄位能執行「匯入匯出」、「安裝附加元件」、「管理筆記類型」、「偏好設定」等等。

❷ 牌組、新增、瀏覽分別能連結至目前這個「主畫面」、「新增卡片的介面」與「瀏覽卡片的介面」。

❸ 長條圖圖案、圓圈圈圖案分別對應「列出圖表」、「同步處理」的功能。

❹ 正中央的區塊顯示目前的牌組數量、名稱以及有多少新舊卡片區要複習。

❺ 取得共享牌組、建立牌組、匯入檔案，功能就如字面上的意思。

Tips

Anki 2.1.X版本系列的介面圖，除了把「統計」跟「同步」按鈕從右邊移到中間以外，其他完全一樣。

Tips

MAC 版 Anki 的「檔案、編輯、工具、說明」欄位在整個螢幕最左上角喔！如右圖。

## 2 · 基本元素

### A｜卡片與牌組

　　Anki 最基本的單位就是單字卡，在 Anki 中，我們以**卡片**來稱呼單字卡。

　　就如同實體卡片一樣，在 Anki 新增的卡片可以包含各式各樣內容，上至天文下至地理。這麼多不同內容的卡片集合起來會很難管理，因此我們規定每一個卡片都要存在於**牌組**之中，如此一來，我們就能利用牌組來對卡片做基本的分類與管理。

### B｜新增牌組

　　請點選84頁說明圖❺「建立牌組」的按鈕，並輸入「中文成語牌組」，此時預設牌組名稱會變更為「中文成語牌組」。

　　再次按下「建立牌組」，並輸入「英文牌組」，這樣就建立好兩個牌組了。

| 檔案(F) 編輯(E) 工具(T) 說明(H) | | |
|---|---|---|
| 牌組　新增　瀏覽 | | |
| **牌組** | 到期　新卡片 | |
| 中文成語牌組 | 0　　　0 | ⚙▼ |
| 英文牌組 | 0　　　0 | ⚙▼ |
| 今天花了 0秒鐘 學習 0 張卡片 | | |

## C｜新增卡片

» 請直接點選上頁圖上方的「新增」，會開啟新增卡片的頁面。

» 這個頁面是要新增卡片，如同一般單字卡一樣，卡片有正面與背面。

» 在正面欄位填入：彥伯問臍

» 在反面欄位填入：比喻在行家面前賣弄本事，不自量力。

» 我們剛剛提到每個卡片都必須屬於某個牌組，因此請點選下圖上方的「牌組」按鈕，選擇「中文成語牌組」，這樣這張卡片就會自動建立於「中文成語牌組」這個牌組了。

### D | 筆記類型

那上頁圖左上角的「類型」代表什麼意思呢？「類型」的全名叫做**筆記類型**，讀者可以將之視為一種「樣板」，不同的**筆記類型**所產生出來的卡片也會不一樣，Anki 提供四種預設的**筆記類型**。

篩選器： 

克漏題
基本型
基本型(可選用反向的卡片)
基本型(含反向的卡片)

選擇　　　管理　　　取消　　　說明

　　讀者若不太能理解筆記類型也不用擔心，**基本上你只需選用基本型（含反向的卡片），就能符合大部分的需求了**。但在這裡為了示範，請先選擇基本型。

　　» 按下「新增」，即可將這張**彥伯問臍**卡片加入**中文成語牌組**這個牌組。

　　» 關掉新增卡片的視窗，回到 Anki 主畫面，我們會發現「中文成語牌組」的新卡片欄位顯示為 1，代表此牌組有 1 張新卡片等待複習。但是別急，我們還想再多新增幾張卡片。

## E｜預設牌組

回憶一下剛剛新增卡片的步驟，如果每次新增卡片時都要手動在右上角選擇**牌組**的話不是很麻煩嗎？好在 Anki 有更快速的方法。

首先點選「英文牌組」，點進去後出現「恭喜！您完成本牌組了」訊息，別擔心，這是因為裡面還沒有任何卡片的關係。

接著按下「新增」，此時在新增卡片介面右上角的**牌組**欄位會自動選擇「英文牌組」，也就是說，**從主畫面點選某牌組後，在該牌組的頁面按下新增，新卡片預設就會屬於該牌組**，利用這個特性，可以省去手動選擇的功夫。

⬇ 在正面欄位填入： I am a loser。在反面欄位填入：我是個魯蛇。

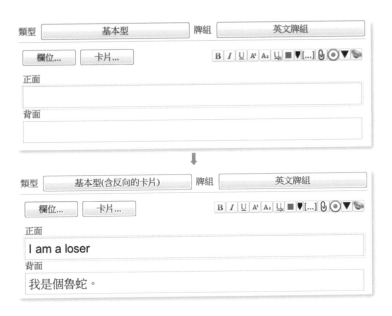

剛剛「彥伯問臍」卡片我們選擇的筆記類型是基本型；現在我們點選左上角「類型」，這次選擇「基本型（含反向的卡片）」，按下「新增」。

此時不要太興奮，先不要按下「開始學習」，請先按畫面上方的
「牌組」，回到主畫面。

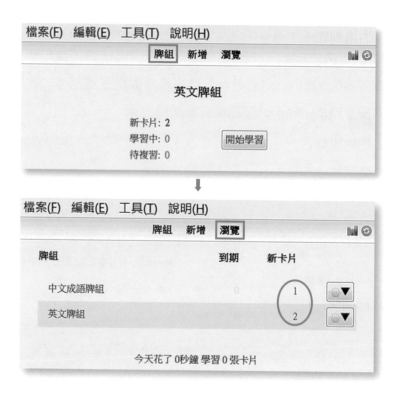

回到主畫面後會發現一件奇怪的事情，明明剛剛新增的步驟幾乎
一模一樣，為什麼「中文成語牌組」的新卡片只有 1 張，「英文牌組」
的新卡片卻有 2 張呢？

## F｜卡片瀏覽器

» 請點選上方「瀏覽」開啟卡片瀏覽器介面，卡片瀏覽器的左邊會列出各種快速篩選卡片的條件，右邊則顯示符合目前篩選條件的卡片資料。

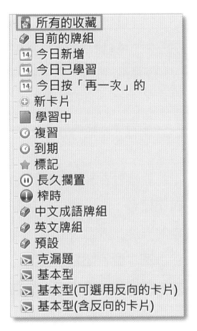

» 請點選左邊最上面「所有的收藏」，所有的收藏意思就是所有的牌組集合，自然也就包含了所有卡片，故顯示出目前我們擁有的所有卡片，如下圖。奇怪的是，我們剛剛做了兩次新增的動作，卻出現了 3 張卡片！

» 請在右邊視窗「排序欄位」上按右鍵，將「問題」與「答案」這兩個欄位打勾。

右邊視窗會多出問題與答案這兩個欄位，問題就是「Anki 會怎麼問你」，答案就是「Anki 會顯示給你看的答案」。

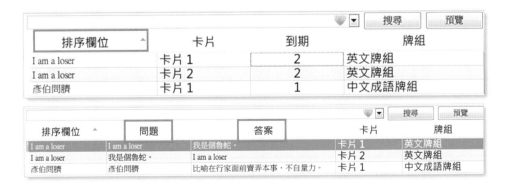

| 排序欄位 | 卡片 | 到期 | 牌組 |
|---|---|---|---|
| I am a loser | 卡片 1 | 2 | 英文牌組 |
| I am a loser | 卡片 2 | 2 | 英文牌組 |
| 彥伯問鼎 | 卡片 1 | 1 | 中文成語牌組 |

| 排序欄位 | 問題 | 答案 | 卡片 | 牌組 |
|---|---|---|---|---|
| I am a loser | 我是個魯蛇。 | 我是個魯蛇。 | 卡片 1 | 英文牌組 |
| I am a loser | 我是個魯蛇。 | I am a loser | 卡片 2 | 英文牌組 |
| 彥伯問鼎 | 彥伯問鼎 | 比喻在行家面前賣弄本事，不自量力。 | 卡片 1 | 中文成語牌組 |

從上頁圖來看，我們可以得知，在複習這三張卡片時：

» Anki 會告訴你：「I am a loser」，然後問你中文翻譯是什麼。

» Anki 會告訴你：「我是個魯蛇」，然後問你英文翻譯是什麼。

» Anki 會告訴你：「彥伯問臍」，然後問你這句成語的意思是什麼。

» 但是 Anki **不會**告訴你：「比喻在行家面前賣弄本事，不自量力。」然後問你這是哪句成語。

原因就在於我們剛剛建立「彥伯問臍」卡片時，選擇的是**基本型**筆記類型；而在建立「我是個魯蛇」卡片時，選擇的是**基本型（含反向的卡片）**筆記類型。

**基本型**筆記類型預設只會生成一張卡片，而**基本型（含反向的卡片）筆記類型會生成正反兩張卡片**，所以前面文章才會說大部分人不用想太多，只要使用**基本型（含反向的卡片）**筆記類型即可。

## G｜卡片瀏覽器篩選列

接著看向左邊篩選列，點選「英文牌組」，右邊的視窗也馬上跟著變動。

| 排序欄位 | 問題 | 答案 | 卡片 | 牌組 |
|---|---|---|---|---|
| I am a loser | I am a loser | 我是個魯蛇。 | 卡片 1 | 英文牌組 |
| I am a loser | 我是個魯蛇。 | I am a loser | 卡片 2 | 英文牌組 |

（工具列：新增 資訊 標記 長久擱置 改變牌組 新增標籤 移除標籤 刪除；搜尋欄：deck:英文牌組；搜尋 預覽）

右邊畫面中，「彥伯問臍」卡片不見了，因為它不屬於「英文牌組」；此時請往上看，在排序欄位上方多了一串字串寫著「deck: 英文牌組」。

　　我們可以藉由在這個方塊下指令來篩選想要的卡片，例如在方塊內打上「deck: 中文成語牌組」，按下 enter 後，就會自動篩選出中文成語牌組了。

　　對於進階使用者來說，這個篩選器可以滿足許多複雜的篩選條件，但對於一般使用者來說，只要透過左邊的快速篩選條件就能滿足大部分需求，所以如果你看不懂這個篩選器在幹嘛也不需要太擔心。

Tips

雖然 AnkiWeb 與手機版 Anki 也都能新增卡片，但還是強烈建議使用者僅使用電腦版 Anki 新增卡片，再透過同步功能與其他裝置同步。

## 3・開始學習

　　關閉卡片瀏覽器，回到主畫面，點選「中文成語牌組」，選擇「開始學習」。

　　此時 Anki 會向你提出問題，在這個例子裡就是「彥伯問臍」。

　　這時請你回想「彥伯問臍」的意思，並大聲地唸出來，然後按下「顯示答案」。

按下「顯示答案」後，Anki 就會顯示正確解答，並產生**再一次**、**中等**、**簡單**等按鈕。請你根據你對這個題目與答案組合的熟悉度**誠實地選擇**，如果忘記就請誠實地選擇「**再一次**」。

忘記並不可恥，重點是要誠實選擇，這樣配上 Anki 的演算法才能達到最有效率的學習。

---

### 英文牌組

**恭喜！您完成本牌組了。**

有些相關的卡片或埋藏的卡片被延遲到下一個階段。 若現在要查看那些卡片，請按下方的取消暫時隱藏按鈕。

---

完成中文成語牌組後，切換到「英文牌組」，並開始複習。

奇怪的是，才複習完「1 張」英文卡片，Anki 就顯示「恭喜！您完成本牌組了。」以及「……相關的卡片被延遲到下個階段……」字樣，但是我們剛剛確實在**卡片瀏覽器**內看到英文牌組內有「2 張」卡片呀，怎麼只出現 1 張就複習結束了呢？

這是因為剛剛建立的 2 張卡片：

卡片 1：問題：「I am a loser」；解答：「我是個魯蛇」。

卡片 2：問題：「我是個魯蛇」；解答：「I am a loser」。

兩者相似度非常高，而 Anki 為了讓使用者學習效率最佳化，會自動將這類「相關的卡片」的出現時間點錯開，以避免浪費學習時間，所以才會有那句「……相關的卡片被延遲到下個階段……」呀！

## 4 · 認識標籤

　　Anki 使用**牌組**來替**卡片**做基本的分類，我們前面已經練習過**牌組**的用法，除此之外，我們還可以利用**標籤**功能來輔助管理**卡片**。每張**卡片**一定屬於某一個**牌組**，但每張**卡片**可以同時擁有多個**標籤**。

　　舉例來說，我們剛剛建立了「中文成語牌組」與「英文牌組」兩個牌組，分別放置中文成語卡片與英文卡片。但假設今天有些卡片同時符合這兩個條件，或是符合其他共同條件的話，就更適合同時使用標籤來管理。

　　例如今天我們要準備求職面試，於是找了面試常用的中文成語，打算展現自己的文學程度；同時面試也會有英文自我介紹，因此我們也準備了英文句型。

⬇ 進入「中文成語牌組」，新增卡片如下：

　　**類型**｜基本型（含反向的卡片）
　　**牌組**｜中文成語牌組
　　**正面**｜共體時艱；無薪假能讓員工與公司共體時艱，應該得諾貝爾獎。
　　**背面**｜形容共同體會當前的困難，並協力度過難關。
　　**標籤**｜面試練習

⬇ 進入「英文牌組」，新增卡片如下：

　類型｜基本型（含反向的卡片）
　牌組｜英文牌組
　正面｜我很滿意貴公司提出的薪資水準。
　背面｜I like to eat banana very much.
　標籤｜面試練習

⬇ 兩張卡片都新增完成後，開啟卡片瀏覽器，此時左邊的快速篩選區多了一個「面試練習」的標籤。

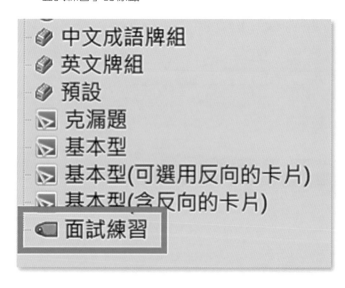

⬇ 點選該標籤，右邊就會顯示我們剛剛為了面試而加入的四張卡片（因為正反面各一張）。

| 排序欄位　　　　　　▲ | 問題 | 牌組 |
|---|---|---|
| 共體時艱　無薪假能讓員工與公… | 共體時艱　無薪假能讓員工… | 中文成語牌組 |
| 共體時艱　無薪假能讓員工與公… | 形容共同體會當前的困難，… | 中文成語牌組 |
| 我很滿意貴公司提出的薪資水準。 | 我很滿意貴公司提出的薪資… | 英文牌組 |
| 我很滿意貴公司提出的薪資水準。 | I like to eat banana very much. | 英文牌組 |

tag:面試練習

　　厲害吧！這四張卡片雖然分別屬於兩個不同的牌組，但藉由在卡片貼上標籤，我們可以快速在卡片瀏覽器中找到它們。此時上方篩選器顯示「tag:面試練習」，看到這裡，讀者應該可以觀察出這個篩選器的邏輯囉！

　　標籤是個很強大的功能，妥善運用標籤可以讓我們將不同牌組的卡片進一步分類，使卡片管理更方便。

　　標籤不能有空格，若有空格會被視為兩個標籤而非一個。舉例來說，如果在某個卡片的標籤欄位填入 Dickson phrase，則 Anki 會給予該卡片 Dickson 與 phrase 兩個標籤，與我們預期的目標不符。為了避免這種情形，我們通常會用底線命名方式取代空白：例如標籤名稱改用 Dickson_phrase 或 DicksonPhrase。

## 5・牌組選項

　　請看下頁圖，在 Anki 主畫面，每個牌組的右邊都有個小按鈕，按下去後選取「選項」即可叫出該牌組的選項組。

　　每次新增一個新的牌組時，該牌組都會自動套用預設（default）選項組，但我們希望每個牌組都有自己的選項組，因此第一步請先幫該牌組新增一個新的「選項組」。按下「選項組」最右邊的小按鈕，點選「新增」，輸入新的選項組名稱即可。

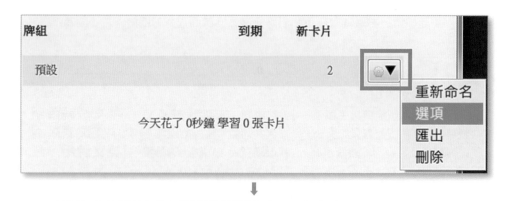

　　新增完選項組後，下面的選項大部分都不需要做調整，維持預設即可，但請注意以下幾點。

## A ｜ 每天的新卡片數量

　　首先是**新卡片**分頁的**每天的新卡片數量**。

　　預設值是 20，建議設定在 20～40 附近，如果你臨時有些事情（e.g. 期中考）比較忙，也可暫時將此設定為 0，如此 Anki 就僅會讓你複習舊卡片而不會顯示新卡片（尚未學習過的），能減輕一些負擔，等到期中考完後再調回來即可。

## B ｜ 每天最大複習量

　　另一個是**複習卡**分頁的**每天最大複習量**。預設值是 100，我建議設定到 999，也就是無限大的意思。

　　Anki 的機制非常注重「**每天複習**」與「**持之以恆**」，若有一天沒有達到進度，該日的份量就會累計到隔天，造成隔天卡片更多更難複習完，雪球越滾越大最後會很難消化。而隨著你的卡片越來越多，縱使每天複習，還是可能在某一天出現該日應複習份量超過預設的 100 張。

　　假設你某日有 130 張卡片要複習，複習完 100 張後 Anki 就說這個牌組已經複習完了，但實際上剩下的 30 張會被延後到隔天；但是隔天本來就預定有 90 張要複習，加上這 30 張就變成了 120 張，多出的 20 張又只好再延至隔日，依此類推。

　　因此我認為 Anki 不該限制我們「每天最大複習量」，**有時間的話，就盡可能把當天的進度都複習完。**

　　如果真的時間不夠的話，那就複習到哪裡算哪裡，剩下的卡片明天再繼續複習就好了，**沒有必要去設定「每天最大複習量」來減少彈性。**

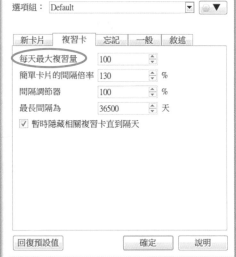

## C ｜ 選項組的影響範圍

　　每個**選項組**的影響範圍只適用於「套用這個選項組的**牌組**」而已，並非適用於整個 Anki。

　　以「每天最大複習量」的例子來說，假設你有 A 跟 B 兩個**牌組**，這兩個**牌組**共用一個**選項組** C，在 C 的「複習卡」分頁的「每天最大複習量」是 100，則 A 跟 B 每天最大複習量分別是 100 張，因此整體來看最大值是 200 張，而不是 100 張喔。所以建議讀者將每個**牌組**都新增一個只屬於該牌組的**選項組**，管理上比較清楚。

# 6 · 插入圖片

　　在 Anki 卡片中插入圖片的步驟很簡單：

🔽 找到要插入的圖片，在圖片上按右鍵→複製。

◯ 新增或編輯卡片，
在欲插入圖片的欄
位按右鍵→貼上。

◯ 完成後就可看見圖
片已插入卡片中。

# 7 · 插入聲音

　　若能在單字卡片內加上該單字的發音，就能在複習時邊看單字邊
聽聲音學習，大幅提升學習效率。以下介紹兩種抓取發音的方式。

1. 使用作者自製的 Chrome 瀏覽器附加元件來下載網路字典發音。
2. 使用 Anki 的 AwesomeTTS 附加元件來產生發音。

　　兩者都可以達到相同目的，使用者可依自己的使用習慣與喜好來
選擇，這邊先介紹第一個方式，第二個方式則會在第 6 章「Anki 進階
用法」中介紹。

我在部落格發表「自學四年日檢 N1 與多益 TOEIC 975」系列文章後，陸陸續續收到許多回饋信件與留言，其中有部分讀者對於如何擷取網路字典發音感到困擾，於是我簡單的寫了一個 Chrome 瀏覽器附加元件，用於快速抓取發音。

首先你需要下載「Chrome 瀏覽器」，下載完後使用 Chrome 瀏覽器搜尋「Chrome 線上應用程式商店」，進入後，在左上角搜尋「下載網路字典發音」，點選製作者為 chunnoris.cc 的那個，按右上角「＋加到 Chrome」。

安裝完成後，進入支援的網站，不需做任何動作，此附加元件就會自動抓出發音並顯示下載連結。目前支援的網站列表請參照 http://goo.gl/5ZX8rE

這邊以 Yahoo 奇摩英文字典為例：

➲ 右圖是安裝附加元件前的頁面。

➲ 右圖是安裝附加元件後的頁面，多了一個下載發音的按鈕。

➲ 點選「下載發音」按右鍵，選擇「複製連結網址」。

▶ 在 Anki 新增單字，在想插入發音的地方按右鍵「貼上」即可。

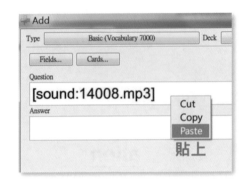

**Tips**

在 Anki 中插入聲音檔時請盡量使用 mp3 或 wav 格式，使用其他檔案類型（e.g. ogg 格式）可能會造成在 AnkiWeb 或手持裝置上無法正常播放，詳情請參考這篇討論 https://goo.gl/Rsc4xQ。

**Tips**

Anki 預設只有剛翻到單字時會產生發音，若欲手動重複播放聲音，請參閱 159 頁「Q2：能不能手動重複播放卡片的聲音檔？」

## 8・追蹤學習狀況

Anki 會將你所有的卡片與學習狀態都儲存在資料庫中，你可以按下 Anki 主畫面右上角的「顯示統計」按鈕（長得像長條圖）來查看自己的學習狀況。

▲ Anki 2.1版本系列則將「統計」按鈕移到「瀏覽」的右邊，參見85頁上圖。

Anki 會將資料整理之後，以圖表方式呈現如下頁。你可以從中分析自己的學習狀態，依照需求做調整，進而提升效率。

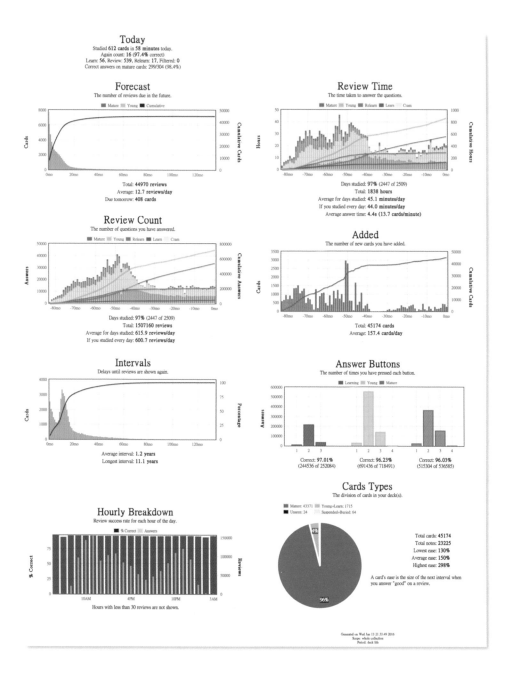

# 第5章 | 同步與備份

## 1·AnkiWeb 雲端同步

Anki 可以在許多平台上執行，包含 Windows, Mac, Linux, 甚至手機、平板如 iPhone, iPad, Android 等等，但是我們在某個平台上新增的卡片，要怎麼在其他平台上讀取呢？

答案就是**透過 AnkiWeb 的雲端資料庫來同步啦**，整體概念如下：

1. 小穹在家裡電腦下載了 Anki，並建立一些牌組與卡片。

2. 小穹進入 AnkiWeb 並用自己的電子信箱註冊一個帳號。

3. 小穹在電腦的 Anki 設定並輸入自己的 AnkiWeb 帳號密碼。

4. 小穹在電腦的 Anki 按下同步按鈕，此時 Anki 會很聰明地把小穹目前的卡片、牌組等資訊打包，與小穹 AnkiWeb 上的資料比對，由於小穹的 AnkiWeb 上面沒有東西，因此 Anki 將本地端（電腦的 Anki）內容上傳至 AnkiWeb。

5. 小穹出門搭捷運，並用自己的手機下載 Android 版的 Anki，也就是 AnkiDroid。

6. 小穹在 AnkiDroid 的設定欄位填入自己的 AnkiWeb 帳號密碼。

7. 小穹在 AnkiDroid 按下同步按鈕，此時 AnkiDroid 會很聰明地把小穹目前的卡片、牌組等資訊打包，與 AnkiWeb 上的資料比對，由於小穹的 AnkiWeb 上面的資料比較新，因此 AnkiDroid 將 AnkiWeb 上面的資料下載到本地端（手機）。

8. 於是小穹手機內的 AnkiDroid 資料就跟電腦中的 Anki 資料同步了。

　　別太擔心，上面看起來複雜是因為步驟列得比較詳細，但實際操作起來其實只有一瞬間而已。

Tips

即使沒有多平台的使用需求，還是建議使用 AnkiWeb 雲端同步。效果就等於除了本機備份以外，還多備份一份資料在 Anki Server 啦！

## A ｜註冊 AnkiWeb 帳號

　　首先開啟瀏覽器，連上 https://ankiweb.net/

　　接著按下右上角的 Sign Up 來註冊，帳號請填入你的 E-mail，密碼自行設定。

　　請務必輸入一個可以使用的 E-mail，若你忘記密碼，AnkiWeb 將透過這個 E-mail 幫你重新設定。

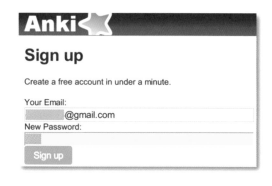

　　輸入完成後，會被導向下圖 Terms and Conditions 頁面，閱讀完後在 "I have read the Terms & Conditions, and agree to be bound by them." 前打勾，並按下 Continue。

接著到信箱去收 E-mail，會收到 AnkiWeb 寄來的一封確認信，**請點選信中的連結啟動你的 AnkiWeb 帳號。**

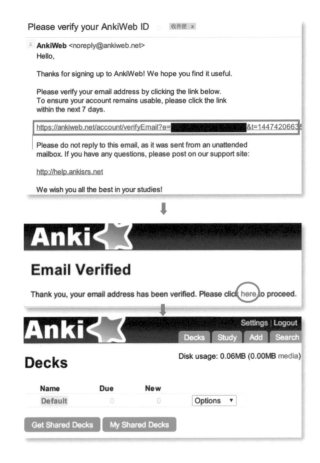

帳號啟動完成後，點選 here 進入 AnkiWeb 的首頁，中間顯示的就是你目前的**牌組**（Deck），需要**複習的卡片數量**（Due），與**新的卡片數量**（New）。

等等，那我們剛剛建立的「中文成語牌組」與「英文牌組」怎麼都不見了！？

　　我們剛剛是在電腦的 Anki 裡建立那兩個牌組，而現在是在 AnkiWeb 上，AnkiWeb 不知道我們剛剛建立了那兩個牌組，所以我們現在**要將電腦版的 Anki 與 AnkiWeb 帳號（你的 E-mail）做綁定，使兩邊的資料能夠同步。**

▶ 回到電腦版的 Anki，點選右上方那個圓圓的圖形，就是與 AnkiWeb 同步的按鈕。（Anki 2.1 版本系列則將「同步」按鈕移到「瀏覽」的右邊，參見85頁上圖）

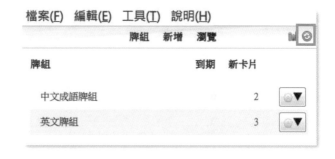

▶ 第一次按下同步時，Anki 會提示需要帳號才能繼續。請輸入你的 AnkiWeb 帳號（E-mail）與密碼。

▶ 接著電腦的 Anki 便開始與 AnkiWeb 伺服器連線，檢查兩邊資料是否相同。

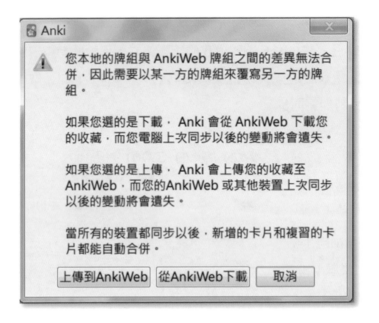

檢查之後，發現你電腦的 Anki 的資料與 AnkiWeb 有差異，無法自動合併，於是跳出訊息，詢問你該怎麼做：

» 在你電腦的 Anki 裡有「中文成語牌組」與「英文牌組」這兩個牌組，與屬於這兩個牌組的若干卡片。

» 而在 AnkiWeb 的資料庫裡，你只有一個名為「Default」的牌組，裡面沒有任何卡片。

在這個例子中，我們很明確的知道我們要保留的是「電腦的 Anki」裡的資料，而不是 AnkiWeb 的資料，故我們可以安心的選擇「上傳到 AnkiWeb」。反之，若你要保留的是 AnkiWeb 裡的資料，而不是「目前裝置」上的資料，請選擇「從 AnkiWeb 下載」。

　　按下「上傳到 AnkiWeb」之後，等待資料同步完成。依照網路速度不同，同步速度也不同，但因為傳輸的資料量很小，通常幾秒就能同步完成。

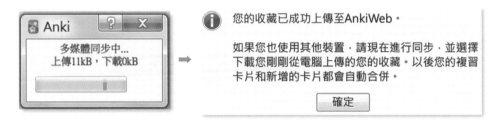

　　接著出現了上傳成功的訊息，但是光有這個訊息還不能夠讓我們信服，要眼見為憑才行。請開啟瀏覽器，連上 AnkiWeb（https://ankiweb.net/），若已經連上則請重新整理該頁面。

AnkiWeb 上的資料的確與我們電腦 Anki 的資料同步了！

現在試試看在 AnkiWeb 複習卡片，點選「中文成語牌組」，開始複習，操作方式皆與 Anki 相似。當複習完某個牌組後，點選上方 Decks 按鈕即可回到 AnkiWeb 首頁。

回到首頁繼續複習，直到所有牌組的所有卡片都複習完畢。

　　我們已經利用 AnkiWeb 複習完所有的新卡片了，但是電腦版的 Anki 還不知道這件事。再次點選電腦版 Anki 右上角的同步按鈕，同步完成後，電腦版的 Anki 也顯示我們複習完所有新卡片了！

　　這個簡單的例子告訴我們，透過 AnkiWeb 網頁的操作，不須按任何額外按鈕就會直接修改 AnkiWeb 資料庫的內容。而 電腦版 Anki 則必須藉由按下「同步」按鈕，才能與 AnkiWeb 資料庫比對資料並同步。

　　那為什麼我們不都全部都透過 AnkiWeb 網頁來做操作就好呢？

1. AnkiWeb 是個網頁，任何操作都需要網路連線，離線時不能使用。

2. AnkiWeb 介面較單純，能滿足複習卡片的需求，但在新增卡片與搜尋條件等功能較差。

因此我會建議使用者盡量以電腦版 Anki 來新增與複習卡片，當無法使用電腦版的 Anki 時，才使用手機或其他裝置連上 AnkiWeb 複習，或使用行動裝置上的 Anki App 複習。

## B | 確保資料總是同步

當裝置上的 Anki 資料與 AnkiWeb 資料差距過大導致無法自動同步時，就會出現這個警告訊息。

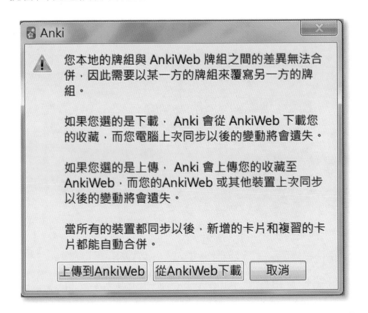

除非你像上述例子一樣，很確定記得哪一方是要保留的資料，否則

Tips

若真的保留錯資料也不用太緊張，電腦版 Anki 平常就會幫你自動備份，多一分保障。相關說明請見 121 頁。

建議你先按下取消，並用瀏覽器開啟 AnkiWeb，觀看 AnkiWeb 上面的資料與裝置上的資料有什麼不同，並回想一下最近做了那些修改再做

判斷，以免保留錯資料。而為了避免上述問題，我們希望電腦版或任何裝置上的 Anki App 都盡量隨時跟 AnkiWeb 保持同步。

　　請點選工具→偏好設定→網路，將「同步聲音與影像」跟「在開啟或關閉個人檔案時自動進行同步」打勾。

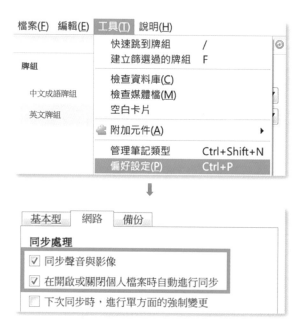

　　「同步聲音與影像」會讓 AnkiWeb 同步所有牌組的多媒體檔案，包含聲音影像等等。「在開啟或關閉個人檔案時自動進行同步」則會在開啟 Anki 與關閉 Anki 的時候，自動執行與 AnkiWeb 同步的動作，這樣就能確保電腦版 Anki 與 AnkiWeb 的資料隨時都保持同步。

Tips

同步有可能會失敗，若同步失敗，通常是因為沒有網路連線，或是連線不穩定，請確認自己的網路連線狀況。

## 2．在行動裝置上使用

接下來介紹如何在行動裝置上使用 Anki，首先要依據你所持有的
行動裝置選擇適當的客戶端軟體，基本上有三種方式可選擇，不論是
哪一個版本，完成度與穩定性都很高，讀者請依照自己的方便選擇即
可。

| 作業系統 | 適用裝置 | Anki 版本 | 價格 | 備註 |
|---|---|---|---|---|
| 任一作業系統 | 任一裝置 | AnkiWeb | 免費 | AnkiWeb 透過網頁方式呈現，故只要能瀏覽網頁的裝置皆可使用。 |
| Android | Android 裝置 | AnkiDroid | 免費 | 由自由開發者以電腦版 Anki 開源碼為基礎開發。 |
| iOS | iPhone/iPad/iPod Touch | AnkiMobile[1] | 須付費 | 由電腦版 Anki 原作者 Damien Elmes 開發。 |

以下使用 Android 手機截圖當作範例，但在 iOS 裝置（iPhone, iPad,
iPod Touch）的步驟也類似。

1 目前價格為 24.99 美金，作者在 Anki 網頁中表示 "neither a price change
nor a sale is likely in the foreseeable future."

## A｜使用 AnkiWeb

　　在行動裝置上使用 AnkiWeb 是最簡單的方式，雖然可用的功能不多，但已有完整的複習與同步功能，且不需要下載任何的 App，也不會佔用手機儲存空間。

Tips

只從 Google Play 或 App Store 下載或購買信任的 App，不**要從第三方網站下載任何 App**。請各位讀者千萬要警惕，不良的使用習慣會為你的行動裝置與個人資料帶來極大風險。

　　使用方式非常簡單，請開啟你手機上面的網頁瀏覽器（Chrome, Safari, Firefox 等），在網址列輸入：https://ankiweb.net

　　第一次進入時，輸入之前申請的 AnkiWeb 帳號與密碼，然後按下 Log in 按鈕登入，接著就可以開始複習啦，簡單吧！

使用 AnkiWeb 時，每複習 5 張卡片即會與伺服器同步一次，因此請在網路連線良好的地方使用。

## B｜使用 AnkiDroid 或 AnkiMobile

若不喜歡網頁操作模式或者習慣在裝置內有個實體 App 的讀者，也可以選擇下載 AnkiDroid（Android）或購買 AnkiMobile（iOS）。

> » Android 使用者請到 Google Play 搜尋 AnkiDroid，下載作者為「AnkiDroid Open Source Team」的 AnkiDroid 單字卡 App。
> » iOS 使用者請到 App Store 搜尋 AnkiMobile，購買作者為「Ankitects Pty Ltd」的 AnkiMobile Flashcards App。

下載安裝完成後，點開 AnkiDroid，此時應該沒有任何的牌組與卡片。請點選左上方的「選單」欄位，選擇「Settings（偏好設定）」。

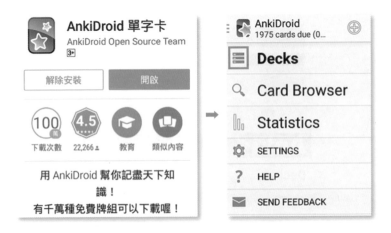

如下頁圖，在偏好設定中，選擇「AnkiDroid General Settings（一般設定）」。在一般設定中，選擇 AnkiWeb 帳號。

　　輸入你的 AnkiWeb 帳號與密碼，點選登入。登入完成後會顯示你登入的帳號，按上一頁離開即可。

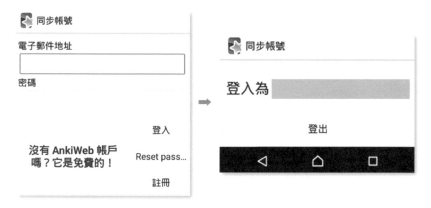

　　回到 AnkiDroid 主畫面後，點選最上方右邊數來第二個的「同步」按紐，將本地端檔案與 AnkiWeb 同步。

　　若一路都照著本書的步驟，接下來 AnkiWeb 會顯示「同步衝突」，原因請參照 114 頁的說明。這邊請選擇「下載」。

接著 AnkiDroid 便開始從 AnkiWeb 下載卡片與牌組資訊至本地端。同步完成之後，在 AnkiDroid 內就可以看見之前用電腦版 Anki 建立的「中文成語牌組」與「英文牌組」了。

AnkiDroid 與 AnkiMobile 預設只有在你按下「同步」按鈕時才會與 AnkiWeb 同步。由於資料已經預先下載到本地端（會佔用手機空間），因此可以在沒有網路的地方做複習的動作，但複習完畢後請記得按下「同步」按鈕，藉由網路來與 AnkiWeb 同步資料。

## 3．Anki 本機自動備份

AnkiWeb 能幫我們在多個平台上同步牌組資料，但是若裝置與 AnkiWeb 的牌組資料相差太多，而我們又手滑不小心將舊的資料覆蓋掉新的資料，這下就悲劇了。好險聰明的 Anki 有個本機自動備份的功能，讓我們的牌組能多一層保障。請回到電腦版 Anki 的主畫面，點選工具→偏好設定→備份。

　　Anki 在你每次關閉或是同步時，都會自動備份你的收藏，作者曾表示：「這個功能拯救過很多使用者。」故預設會保留多達 30 個備份！點選「開啟備份資料夾」，Windows 預設的備份路徑為：C:\使用者\（你的 Windows 使用者名稱）\我的文件\Anki\（你的 Anki 使用者名稱）\backups

這些副檔名為「.apkg」的檔案就是 Anki 的卡片牌組資料。基本上 Anki 的備份相當不占空間，如圖所示，一般使用者不需要刻意調整備份的數量。

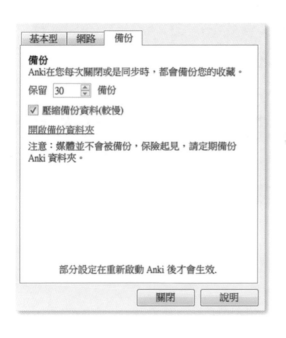

Tips
若沒有特別設定 Anki 使用者名稱，預設名稱會是「個人檔案 1」。

## A ｜ 備份多媒體資料

上面備份頁面顯示的「注意：媒體並不會被備份，保險起見，請定期備份 Anki 資料夾」其實是要我們定期備份「媒體資料夾」的意思，其預設位置如下：C:\使用者\（你的 Windows 使用者名稱）\我的文件\Anki\（你的 Anki 使用者名稱）\collection.media

我們目前還沒有插入圖片或聲音，因此這個資料夾還是空的。

若你之後有在卡片中插入圖片或聲音等多媒體檔案，則那些多媒體檔案會被存放在這個資料夾，請自行定期備份。

## B｜回復到某個備份

回復備份分成兩種，一種是回復**卡片牌組資料**（不含多媒體），一種是回復**多媒體資料**。

⬆ 回復卡片牌組資料：點選「檔案」→「匯入」→從 C 槽備份路徑的「備份資料夾」，選擇適當的 .apkg 檔即可回復至該備份。

　回復多媒體資料：將你先前備份的媒體資料夾覆蓋 C 槽路徑的「媒體資料夾」即可。

# 4・牌組匯入與匯出

## A｜匯入牌組

有兩個方式可以增加卡片與牌組，第一種就是自己建立，如同我們之前的範例，第二種則是匯入別人製作好的。

雖然匯入別人的牌組看似可以省下許多時間，但是這些牌組終究是「別人的東西」。學習有個準則是：不要去背誦／記憶那些你沒有完全懂的東西！只有你自己才了解你想要學什麼，**用別人的牌組效率會很差，千萬不要偷懶！**

建議你只有在最剛開始學習的時候才使用別人的牌組，例如學習日文五十音、最基本

> **Tips**
>
> Do not learn if you do not understand.
> ─單字軟體 SuperMemo

英文單字等等，當擁有基本的程度之後，就該開始自己找出有興趣的資訊並建立卡片學習，不要再使用別人的牌組了，**自己親手建立的卡片不僅較有印象，學習的效率也會大幅提升。**

　　接下來來示範如何取得別人分享的日文五十音牌組，並使用 Anki 的「匯入牌組」功能將其匯入。首先點選電腦版 Anki 下方的「取得共享的牌組」按鈕，按下後會自動開啟網頁瀏覽器並連結上 https://ankiweb.net/shared/decks/

◉ 在分類中選擇日文。

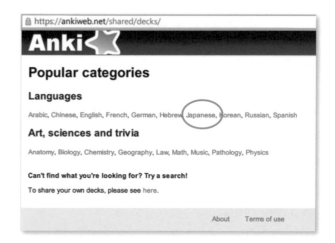

◉ 接著會看到大量的日文共享牌組，在搜尋欄位中尋找 Japanese Hiragana，點選進入該共享牌組的頁面。

如果找不到的話，請直接在
網址列輸入 https://ankiweb.
net/shared/info/195754716　即
可連到上述牌組的頁面。

在這個頁面可以預覽此牌組
的卡片欄位配置、發音、標
籤等等。按下下方的 Down-
load 按鈕，下載此共享牌
組。

# Anki

< Back

# Japanese Hiragana

0.76MB. 104 audio & 0 images. Updated 2014-09-26.

## Description

This deck is for learning the 104 Japanese Hiragana characters. You will se
You will then see if you are correct and hear the matching Audio.

Note: If you cannot see the characters, go to http://www.nihilist.org.uk/ Dow

I made this with the help of the KanjiStrokeOrders font from http://www.nihili
questions or comments, email me. Good luck!

-Al

## Sample (from 104 notes)

**Cards are customizable!** When this deck is imported into the desktop prog
you'd like to customize what appears on the front and back of a card, you ca
button.

| | |
|---|---|
| Hiragana | ぽ |
| Romaji | po |
| Audio | Play |
| Tags | Hiragana HiraganaMaru Kana |

⬇ 回到 Anki，點選左上角檔案→匯入→選擇剛剛下載的.apkg 檔。匯入完成，此時便可在 Anki 中看見剛剛匯入的牌組。

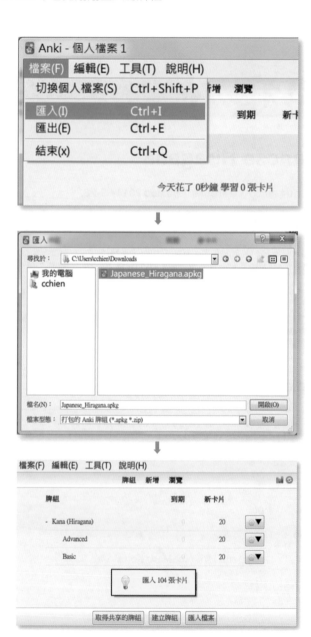

網路上分享的牌組素質水準不一，我也是找了很久才找到上述這個不錯的五十音牌組。

再強調一次，如果各位讀者已經有基本的程度就請自行建立卡片吧！共享牌組本身除了素質優劣不均以外，重點是學些「不屬於自己」的東西學起來會「沒有共鳴」，效率很差，浪費時間。

## B｜匯出牌組

既然能匯入別人的牌組，當然也就可以匯出自己的牌組囉，在電腦版 Anki 點選左上角「檔案」→匯出→選擇匯出選項。

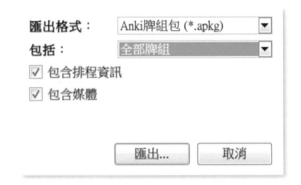

- 匯出格式：選擇匯出成 .apkg，之後別人就可以直接匯入。
- 包括：指定要匯出的牌組
- 包含排程資訊：若選擇包含排程資訊，則別人匯入後，牌組的難易度及排程都會繼承你匯出時的狀態。
- 包含媒體：是否將牌組中包含的圖片、聲音等多媒體一起匯出。

然而就跟「匯入牌組」一樣，一般人也很少用到「匯出牌組」的功能。對一般使用者而言，與其匯入匯出，不如直接綁定 AnkiWeb 帳號，並使用 Anki 內建的同跟 AnkiWeb 保持同步。

# 第6章 Anki 進階用法

　　電腦版 Anki 是一個開源（open source）的軟體，除了程式碼公開之外，另一個優點在於它擁有許多附加元件（Add-ons）讓使用者挑選，接下來就來介紹幾個實用的附加元件與使用方式。

## 1・Japanese Support：為漢字加上拼音

　　日文包含了平假名、片假名與漢字，而漢字又擁有「訓讀」與「音讀」兩種讀音，Japanese Support 這個附加元件能夠自動在日文漢字上加讀音，類似在中文旁邊加上注音的感覺，如下圖：

## A｜安裝方式

首先在電腦版 Anki 上方選單選擇工具 → 附加元件（Add-ons）
→ 瀏覽與安裝 （Get Add-ons）→ 瀏覽（Browse Add-ons）。瀏覽器便
會自動開啟並連上 https://ankiweb.net/shared/addons/

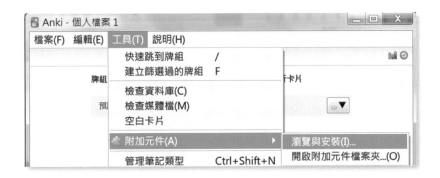

搜尋 Japanese Support ，並點進該頁面 https://goo.gl/tQamGZ，裡
面有 Japanese Support 這個附加元件基本的簡介、使用說明與注意事
項。請將網頁向下拉，找到 Download 那段，將黃色框框的數字複製
起來。

### Download

As add-ons are programs downloaded from the internet, they are potentially malicious. You should only download add-ons you trust.
To download this add-on, please copy and paste the following code into the desktop program:

3918629684

再次選擇工具→附加元件→瀏覽與安裝，將剛剛複製的數字貼在
框框內（見下頁圖）。按下確定後，Anki 便會開始下載附加元件。
Japanese Support 的檔案大小約 20 MB，請稍待片刻。下載成功後請重
新啟動 Anki。

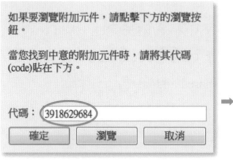

## B | 使用方式

　　Japanese Support 附加元件提供一些筆記類型，使用這些**筆記類型**來建立日文卡片就會為漢字自動加上讀音，所以我們第一步要先新增：點選工具→管理筆記類型（Manage Note Type）→新增，選擇「新增：Japanese（recognition&recall）[1]」。

---

1 這邊的 Japanese（recognition）、Japanese（optional recall）、Japanese（recognition&recall）分別對應預設牌組的基本型、基本型（可選用反向的卡片）與基本型（含反向的卡片），我們在之前的章節已經解釋過不同點了。

名字請不要更改，直接按確定就可以 [2]。

這樣就新增完 Japanese（recognition&recall）筆記類型了，請關閉視窗，接下來我們要來使用這個**筆記類型**來建立日文卡片。

⬆ 建立一個新的牌組，命名為**日文牌組**；點進該牌組，新增卡片，點選左上角「 類 型 」，選擇 Japanese（recognition-recall）。此時新增卡片的欄位變成了三個，比之前兩個欄位還多了一個！

2 如同 Japanese Support 附加元件頁面所述，如果要更改名字的話，新名字請務必包含「Japanese」這個字，否則附加元件可能無法正常運作。

| 類型 | Japanese (recognitionrecall) | 牌組 | 日文牌組 |

欄位...　卡片...　B I U A² A₂ U ■ ▼ [...] 🔗 ⊙ ▼ 🔖

Expression

私は犬が好きです

Meaning

我喜歡狗狗

Reading

私[わたし]は 犬[いぬ]が 好[す]きです

⬆ 不要急，請在Expression 欄位輸入私は犬が好きです，然後用滑鼠點選其他欄位。

神奇的事情發生了，Reading 欄位居然自動出現私[わたし]は 犬[いぬ]が 好[す]きです。這就是 Japanese Support 附加元件自動為日文漢字加上讀音的功能。

| 類型 | Japanese (recognitionrecall) | 牌組 | 日文牌組 |

欄位...　卡片...　B I U A² A₂ U ■ ▼ [...] 🔗 ⊙ ▼ 🔖

Expression

私は猫が好きです

Meaning

我喜歡喵咪

Reading

私[わたし]は 犬[いぬ]が 好[す]きです

⬆ 接下來請修改 Expression 欄位，將犬（いぬ）改成猫（ねこ）。但是 Reading 欄位卻沒有任何變動。

⊙ 請將 Reading 欄位的東西全部刪掉，用滑鼠點擊 Expression 欄位
　後再點擊 Reading 欄位，就會自動產生正確的讀音了。

結論：

・安裝完 Japanaese Support 附加元件後，新增日文卡片時，卡片
　類型請選擇 Japanese（recognitionrecall），該卡片類型擁有一個
　會自動為 Expression 欄位加上讀音的 Reading 欄位。

・若修改 Expression 欄位，請將 Reading 欄位清空，再次點選其
　他欄位即可重新產生讀音。

Japanese Support 也可以幫「以前建立」的卡片加上讀音：

1. 下載並安裝 Japanese Support

2. 在筆記類型新增 Japanese（recognition&recall）

3. 用卡片瀏覽器選擇要加入讀音之舊卡片

4. 把這些卡片的筆記類型改成 Japanese（recognition&recall）

5. 點選左上角選單欄的編輯→Bulk-add Reading

6. 完成。亦可參考說明影片操作：https://goo.gl/vzp6qv

## 2・AwesomeTTS：插入單字聲音

AwesomeTTS 也是 Anki 的附加元件，它提供一個整合 Anki 的操作介面，藉由調用不同網站提供的語音發音 API 幫使用者產生發音。

## A｜安裝方式

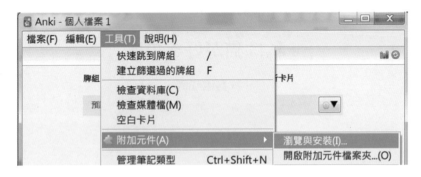

⬆ 如同上述安裝 Japanese Support 的步驟：工具→附加元件→瀏覽與安裝。

Tips

AwesomeTTS 的 下 載
code，請 見 網 站 https://
goo.gl/ADx9mJ

⬆ 輸入 AwesomeTTS 的下載 code：301952613

⬆ 重新啟動 Anki

# B｜使用方式

新增或修改卡片時，點選下圖右上角音響按鈕，滑鼠移過去時會顯示 AwesomeTTS 字樣，即可叫出 AwesomeTTS。

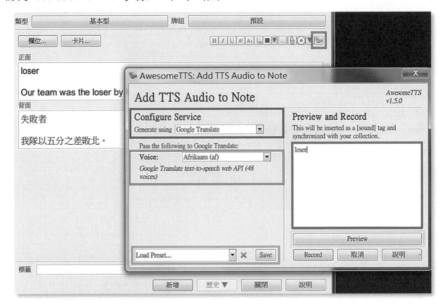

介面說明：

**藍色方塊**：選擇產生發音的服務來源，例如 Google、Microsoft、Baidu 等等。

**綠色方塊**：上述服務來源可提供的多種語言服務，例如 Google提供 48 種不同語言發音，選擇你要的語言。

**橘色方塊**：將上述藍色與綠色方塊的設定儲存起來，方便之後快速選取。

**紫色方塊**：要發音的內容。

**黃色方塊**：聽聽看。

**Record 按鈕**：抓取發音並放入卡片欄位。

　　橘色方塊的用法如下：假設你覺得 Baidu 的日文發音不錯，於是
藍色方塊選擇 Baidu，綠色方塊選擇 Japanese，然後在橘色方塊按下
Save 按鈕，給予這個設定一個名稱，例如 Baidu Tranlate（jp）。之後
你只要透過左邊下拉式選單選取 Baidu Tranlate（jp），藍色方塊與綠
色方塊就會自動設定成 Baidu 日文了。

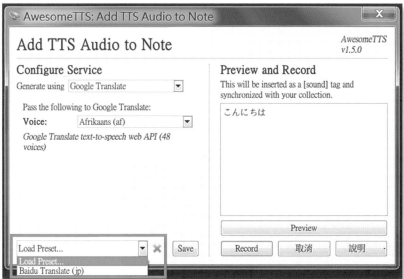

## 3‧Night Mode：保護眼睛

　　Night Mode 這個附加元件可將版面由淺色系改為深色系，大幅降
低眼睛的疲勞感。

⊙ 預設 Anki 介面：

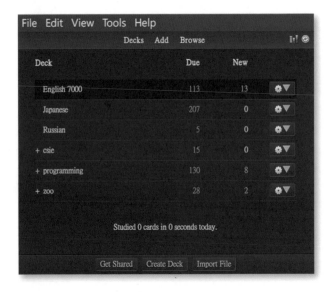

⊙ 啟用 Night Mode 後的介面：

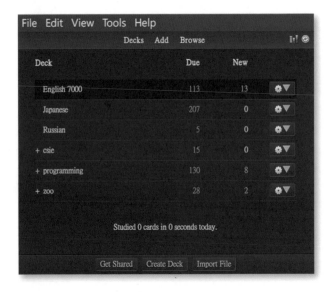

在 Anki 2.1.20 版本以後，已經內建 Night Mode 功能，到工具→偏好設定→打勾 Night Mode 即可。

# 4・卡片重新排程

　　有時候我們可能會因為某些原因，而需要將某些卡片重新排程。舉例來說：今天在 CNN news 看到了「sanction」這個單字，我印象中有把這個單字加進 Anki 過，也有印象在 Anki 複習過幾次，但在看這篇新聞時卻想不起來「sanction」是什麼意思！於是我打開 Anki 的卡片瀏覽器，在搜尋欄位上輸入「sanction」，果然看到了以前加入的卡片。（是的，有些單字不看個二、三十遍是記不起來的，所以才一直強調每天學習、持之以恆的重要性啊！）

　　**雖然根據 Anki 的演算法，現在還沒到複習這張卡片的時間，但我此時此刻明確已經知道我對這張卡片還不熟（不然就不會忘記了啊），因此，我要手動將這張卡片重新排程。**

　　卡片重新排程的步驟很簡單：在卡片瀏覽器選擇要重新排程的卡片，按左上角 **卡片（cards）→重新排程**，視窗內有兩個選項可以選擇，如右圖。

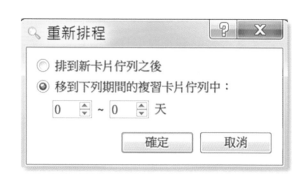

　　選擇「排到新卡片佇列之後」會有個小問題就是，假設你累積了很多還沒看過的新卡片，則此卡片可能會被排在很後面，換句話說，你有可能會很久之後才會看到這張卡片，這樣就失去了重新排程的意義。

因此建議選擇「移到下列期間的複習卡片佇列中」，天數都留 0 即可，這樣 Anki 就會將該卡片的設定還原回原始的狀態，重新根據你的回答紀錄你對該卡片的**熟悉度**。

# 5·考前複習

Anki 用一套演算法來判斷何時該讓我們複習哪張卡片，提升學習效率。但在現實生活中可能會臨時需要「提前總複習」，例如準備期中期末考，這時 Anki 的預設機制無法滿足我們需求。

有的人會將要提前複習的卡片都重新排程，但這樣你這些卡片的熟悉度都會回到最原始狀態，所以千萬不要這麼做。

好在針對這樣的需求，Anki 提供了另一個考前複習（Cram）的功能，在最新版本的 Anki 將其稱做「篩選過的牌組」（Filtered Deck）。

這個機制就是從現有卡片中複製出你想要**加強複習**的卡片，將這些卡片都加到一個新建立的牌組叫做**篩選過的牌組**，在此牌組內的卡片熟悉度不會影響到原卡片，而且被複習完的卡片會自動回到其原本的牌組。在刪除「篩選過的牌組」時，只會強制所有卡片回到其原本的牌組，不會有任何一張卡片被刪除。

總結來說，一個常見的考前總複習步驟如下：

» 在 Anki 主畫面點選工具→建立篩選過的牌組。
» 輸入篩選條件，語法如同卡片瀏覽器中的搜尋語法，例如：
  · 加入屬於「中文成語牌組」牌組的卡片：「deck: 中文成語牌組」
  · 加入含有「面試練習」標籤的卡片：「tag: 面試練習」

・加入屬於「中文成語牌組」與屬於「英文牌組」的卡片：
「deck: 中文成語牌組 or deck: 英文牌組」

» 選擇卡片上限與顯示方式並建立牌組。

» 主畫面會出現新建立的「篩選過的牌組 1」，可將其重新命名或
直接開始複習。

» 複習完後刪除此「篩選過的牌組」。

| 篩選過的牌組 1 的選項 | |
|---|---|
| 篩選器 | |
| 搜尋 | deck:中文成語牌組 |
| 上限為 5566 張卡片，選擇方式為 隨機 | |
| 選項 | |
| ☑ 依據我在本牌組的回答狀況來重新排程卡片 | |
| ☐ 自訂步數(以分鐘為單位) 1 10 | |
| 建立　取消　說明 | |

## 篩選過的牌組 1

這是專門用來進行額外學習進度的牌組。 卡片
在您複習完以後會自動回歸原本的牌組。 如果
在牌組列表中刪除這個牌組，其他剩下的卡片
也會回歸它們原本的牌組。

新卡片: 5
學習中: 0　　開始學習
待複習: 2

| 牌組 | 到期 | 新卡片 | |
|---|---|---|---|
| 中文成語牌組 | 0 | 0 | ⚙▼ |
| 日文牌組 | 0 | 2 | ⚙▼ |
| 篩選過的牌組 1 | 2 | 5 | ⚙▼ |
| 英文牌組 | 3 | 1 | ⚙▼ |

# 6‧切換個人檔案

若家裡只有一台電腦卻有多人要共用的話，Anki 也支援同時擁有多個個人檔案（Profile）。在 Anki 主畫面選擇檔案→切換個人檔案，即可新增新的個人檔案或將目前個人檔案重新命名。每個個人檔案都是互相獨立的，擁有只屬於自己的牌組與設定，不用擔心會互相影響。

每個個人檔案所對應到的實體資料夾可在 C:\使用者\（你的使用者名稱）\我的文件\Anki 中找到。

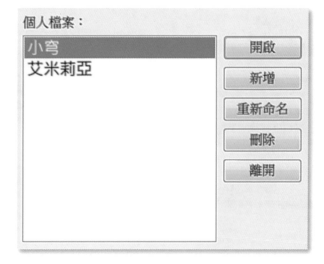

# 7‧牌組階層

當卡片漸漸增多時，有時候最簡單的牌組功能已經無法滿足我們的需求，此時除了善用標籤來輔助以外，也可以利用牌組階層來協助分類。

牌組階層的意思就是「大牌組點開裡面又有許多小牌組」，如下頁圖：

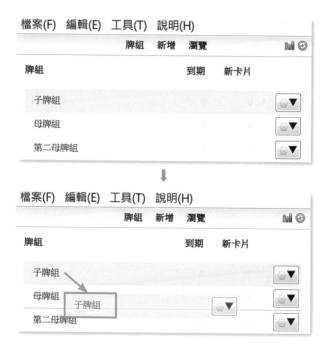

做法很簡單，只要在 Anki 主畫面用滑鼠將「子牌組」拖曳到「母牌組」之下，就可以建立階層關係了。反之，將子牌組用滑鼠拖曳離開母牌組，即可拆散其階層關係。

在卡片瀏覽器中，會將牌組階層關係以兩個冒號連接來表示，如上圖例子會以「deck: 母牌組: 子牌組」表示。

# 8 · 自訂卡片版面

　　Anki 預設的卡片版面是白底黑字，但我們可以透過設定自行調整成更合適的版面。但是如果使用者對於電腦或軟體的操作較不熟悉的話，建議忽略此部份，若要嘗試看看也請記得先做好完善的備份喔。

　　在 Anki 主畫面按下工具→管理筆記類型（Manage Note Type）→選擇基本型（含反向的卡片）→按下右邊「卡片」按鈕即可編輯此筆記類型的卡片版面。也可以在複習卡片時按下左下角的「編輯」，在編輯畫面按上方的「卡片」，來修改卡片版面。

## A ｜ CSS

⬇ 完成後會進入修改版面設定的頁面，如下圖：

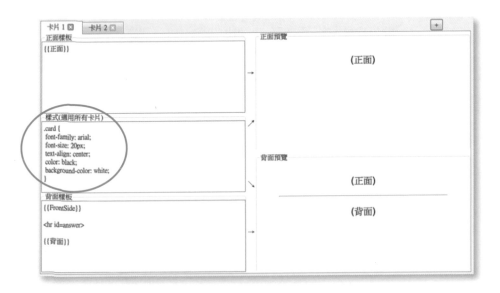

⊙ 首先請看向中間的樣式（適用所有卡片），預設應該長這個樣子。

```
.card{

    font-family: arial;

    font-size: 20px;

    text-align: center;

    color: black;

    background-color: white;

}
```

⊙ 裡面的內容其實就是 CSS（Cascading Style Sheets）的語法，翻譯成中文意思如右。

```
font-family: arial;          // 字型設定成 arial
font-size: 20px;             // 字型大小 20px
text-align: center;          // 文字對齊中間
color: black;                // 文字顏色黑色
background-color: white;     // 背景顏色白色
```

⊙ 看懂後，接下來試著修改 CSS，改成右邊這樣。

```
font-family: arial;          // 不更動
font-size: 30px;             // 字型大小改成 30 px
text-align: center;          // 不更動
color: yellow;               // 文字顏色改成黃色
background-color: black;     // 背景顏色改成黑色
```

⬇ 隨著我們修改 CSS 欄位，右邊的預覽頁面也會跟著自動變更，如下圖。

現在請往上看，會看到正面樣板中寫著{{正面}}[3]，若嘗試修改{{正面}}的話，會顯示 unknown field，這是因為這個{{正面}}並不是真的文字，而是一個「欄位變數」，指的其實就是「卡片的正面欄位的內容」，概念類似 pug, handlebar.js 等 Web Template Engine。

看不懂沒關係，總之大部分使用者都不需要去修改它。

---

3 若你的介面語言（UI）不是繁體中文，則這裡看到的不見得是{{正面}}，可能是{{Quetsion}}或是{{Answer}}之類。

## B｜HTML 標籤

除了 CSS 以外，Anki 也可以使用 HTML 標籤來調整版面，例如 <hr>、<span>等等，下面我們就以<span>標籤作為範例。

請將正面樣板中的{{正面}}修改成：<span style＝"color: white;">{{正面}}</span>，這行會將正面卡片內容的字體調成白色。

接著將背面樣板中的{{背面}}修改成：<span style＝"font-size: 40px;">{{背面}}</span>，這行會將背面卡片內容的字體大小調成 40 px。

經過這個實驗後，你應該可以發現<span>標籤內的 style 設定會優先於中間「樣式」欄位的 CSS 設定。

利用這點，你可以發揮創意，自行設定符合自己風格的版面。更多 CSS 語法和 HTML 元素資訊可參考維基百科。

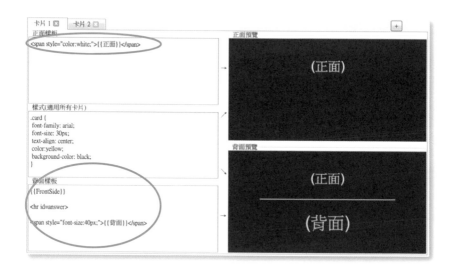

顏色除了以 color: white、color: black 表示以外，也可用 HEXA 來表示，例如 color:#87F7A1。

HEXA 表示法讓使用者能更準確指定想要的顏色，每個顏色所對應的 HEXA 可至 MDN Color picker tool 查詢（https://goo.gl/TNzt3m）。

## C | 完成修改

請回到編輯卡片版式的頁面，左上方會看到 卡片 1 與 卡片 2 兩個分頁。卡片 1 是「Anki 秀出卡片正面，問你卡片反面內容」的卡片版面，也就是我們剛剛修改的；卡片 2 則是「Anki 秀出卡片反面，問你卡片正面內容」的卡片版面。

點選 卡片 2，會發現只有中間的「樣式」欄位與 卡片 1 相同，「正面樣板」與「背面樣板」都與 卡片 1 不同，請依照自己的喜好修改。

正、反向卡片都設定完後，關閉版面設定視窗，剛剛所做的修改就會自動套用了。同時在 AnkiWeb 上也會以修改後的版面呈現唷！

　　如果萬一不小心把版面改壞了也不用緊張，先點選改壞的欄位，接著按下 Ctrl + Z 就可以回復上一步驟，一直按就可以一直往前回復。

　　如果已經壞到完全回復不了，請參考 144-145 頁的截圖，將預設的 CSS 與 HTML 手動輸入回去，即可回到原始狀態。

# 第7章 | 常見問題

## 1・Anki 基本操作問題

Q1：複習時按錯了選項，有沒有辦法可以重新作答上一題？

　　在複習的時候不小心手滑，例如應該要按「困難」的卻按成了「簡單」，此時請按下 Ctrl＋Z 即可回復上一動！

　　回復上一動！搞什麼東西啊？怎麼又是你？就你最特別！報學號！

Q2：在卡片瀏覽器裡面要怎麼同時選擇多張卡片？

　　點選完一張卡片後，使用 Ctrl 或 Shift 點選其他卡片。

Q3：新增卡片時不小心加錯牌組了，如何移動到其它牌組？

　　到卡片瀏覽器，選擇要移動的卡片，按右鍵→改變牌組（Change Deck）。

Q4：如何將牌組 1 與牌組 2 合併成新的牌組 3？

　　到卡片瀏覽器，從左邊選擇牌組 1，右邊會顯示該牌組所有卡片，將其全選，接著按右鍵→改變牌組（Change Deck），選擇牌組 2，最後再回到主畫面修改牌組名稱成「牌組 3」即可。

Q5：要怎麼重新命名或刪除牌組？

請按牌組右邊的選項按鈕，如下圖。

Q6：卡片瀏覽器中的「榨時卡片（leech）」是什麼？

依照 Spaced Repetition 理論，當我們看過一張卡片很多次時，應該會漸漸記起該卡片，這也是 Anki 的原理。反之，若你一直不斷重複忘記某張卡片的內容（點選**再一次**），Anki 會認為「應該是這張卡片的內容設計有問題，否則你怎麼看過這麼多次還記不住呢？」

此時 Anki 會自動將該卡片加上一個名為「**榨時（leech）**」的標籤，提醒你說這張卡片怪怪的喔，看是要修改一下卡片內容還是做其他處理。而在預設的設定中，榨時卡片同時也會被加上「**長久擱置（suspend）**」的標籤。

Q7：在卡片瀏覽器中，什麼是「長久擱置卡片（suspend）」？

被加上這個標籤的卡片會自動被 Anki 給忽略，即使到了這些卡片的複習時間，Anki 也不會顯示，直到使用者手動將這些卡片給解開擱置（unsuspend）為止。

除了上述榨時卡片會被自動長久擱置外，使用者也可以依照需求手動擱置（suspend）卡片。在卡片瀏覽器中，擁有**長久擱置（suspend）**標籤的卡片背景會呈現亮黃色。

Q8：榨時卡片（leech）或長久擱置卡片（suspend）該怎麼處理？

如果有卡片被加上這兩個標籤，表示這些卡片的學習效率不佳，需要修改！請將這些卡片的內容稍作修改以提升學習效率，修改完後利用卡片瀏覽器中的**移除標籤**功能將上述標籤移除即可。

Q9：如何看某張卡片複習過或忘記過幾次？

在卡片瀏覽器的**篩選器**下方欄位按右鍵，將複習卡欄位打勾，就可看見每張卡片複習過幾次。將忘記欄位打勾，就可看見每張卡片忘記過幾次。其餘如建立日期、最後編輯日期、最後複習日期、下次複習日期、複習間隔等也都可在此瀏覽。

Q10：建立卡片時忘記選擇基本型（含反向的卡片），之後有辦法修改筆記類型嗎？

到卡片瀏覽器中，選擇想要修改的卡片，點選左上角筆記（Note）→改變筆記類型→新的筆記類型選擇**基本型（含反向的卡片）**按下確定，就可以改變卡片筆記類型。也可以參考影片說明：https://goo.gl/iqk6ue

Q11：建立卡片時有選擇反向卡，可是複習的時候都只有出現正向卡？

如果你建立卡片時確實選擇了**基本型（含反向的卡片）**，就會產生正、反兩張卡片。會出現這個狀況只是因為反向卡的複習時限還沒有到而已，等到過幾天反向卡就會出來了！

若還是不放心，請到你的牌組選項，將「新卡片」分頁的「今日暫時隱藏相關的新卡片」與「複習卡」分頁的「暫時隱藏相關複習卡

直到隔天」給取消打勾。這樣正反卡片就會同時出現啦！

現在之所以不會同時出現，是因為它們兩個屬於「相關卡片」，而上述選項又都打勾，故 Anki 才暫時延後他們其中一人的出場時機，以提升學習效率。

## Q12：想為卡片增加一個標籤，但 Anki 卻將一個標籤切成兩個，要怎麼讓它變成一個？

因為 Anki 的標籤是以「空格」做為分割，也就是說標籤語法中不能有空格，若有空格會被視為兩個標籤，而非一個。

舉例來說，如果在某個卡片的標籤欄位填入 Dickson phrase，則 Anki 會給予該卡片 Dickson 與 phrase 兩個標籤，與我們預期的目標不符。為了避免這種情形，我們通常會用底線或 CamelCase 命名方式取代空白，例如標籤名稱改用 Dickson_phrase 或 DicksonPhrase。

想合併的話，請先將卡片上那兩個標籤都移除：卡片瀏覽器→選取卡片→移除標籤→輸入要移除的標籤，再參照上述方式建立一個**不包含空格的標籤**。

## Q13：已經沒有任何卡片在使用某標籤了，在「瀏覽」頁面卻刪不掉？

接續上一個問題，我們可能因為一些原因將卡片的標籤移除，就常理而言，沒有被任何卡片使用的標籤就沒有存在的意義，但是 Anki 卻依然會將該標籤保留在卡片瀏覽器中，這是考量到效率問題。若使用者每修改一次卡片標籤，Anki 就要掃描一遍所有標籤與卡片的關聯性，這樣會非常耗資源，所以預設不會這樣做。

解決方式很簡單，請到 Anki 主畫面按**工具→檢查資料庫**，Anki

在接收到這個指令後才會去掃描所有標籤與卡片的關聯性，將沒有連結任何卡片的標籤從卡片瀏覽器中移除。

**Q14：已經沒有任何卡片在使用某筆記類型了，在「瀏覽」頁面卻刪不掉該筆記類型？**

如果你照著這本書的教學來操作，是不會遇到這個問題的，因為我們永遠只會用到基本型（含反向的卡片）或 Japanese Support 的筆記類型。

這種問題的發生原因大部分是因為：你從網路上下載了某個牌組，而該牌組擁有自己的筆記類型，你雖然移除了該牌組或是該牌組的所有卡片，但是在「瀏覽」頁面，卻依然顯示該牌組的筆記類型。

例如我們在 124-126 頁說明「匯入牌組」功能時，曾經下載並匯入了 Japanese Hiragana 這個牌組，從卡片瀏覽器頁面可以得知，該牌組使用 Hiragana Note 這個筆記類型。當我們把該牌組所有卡片都移除後，這個 Hiragana Note 筆記類型卻依然存於在我們的瀏覽頁面。若要將之移除，請到 Anki 主畫面按工具→管理筆記類型，選取要刪除的筆記類型並按刪除。

**Q15：建立「篩選過的牌組」時，如何同時從多個牌組中篩選卡片？例如將牌組 1 和牌組 2 建立在一起。**

在篩選欄位用「or」關鍵字連接即可。

例如加入屬於「牌組 1」與屬於「牌組 2」的卡片：deck: 牌組 1 or deck: 牌組 2。

Q16：承上，若不需要兩個牌組的全部卡片，而只要部分卡片呢？

　　利用標籤即可達成。首先開啟卡片瀏覽器，從左邊點選牌組 1，在右邊視窗選擇需要的卡片，按上方「新增標籤」，隨便填入一個暫時的標籤，例如「temp」。再從左邊點選牌組 2，在右邊視窗選擇需要的卡片，按上方「新增標籤」，填入剛剛那個暫時標籤「temp」。最後回到主畫面，點選工具→建立篩選過的牌組，在篩選器的搜尋欄位輸入「tag: temp」即可建立完成。

　　完成後可直接刪掉剛剛暫時建立的標籤，開啟卡片瀏覽器，從左邊點選標籤「temp」，在右邊視窗全選所有卡片，再按上方「移除標籤」，填入剛剛那個標籤「temp」，最後回到主畫面，點選工具→檢查資料庫，移除不再使用的標籤。

Q17：我有一堆聲音檔、圖片檔，如何快速利用這些多媒體檔案來「批次」建立新卡片？

　　可以使用 Media Import 附加元件，下載網址為 https://goo.gl/2iMVF9。或使用我所製作的「Anki 批次插入多媒體內容之懶人試算表」，裡面有完整使用說明與範例影片（https://goo.gl/dmSXSr），亦可參考教學影片：https://goo.gl/VukRWu。

Q18：那如果我只是要「批次」建立「純文字」卡片呢？

　　方式與上述懶人試算表相同，只是這次只須建立兩個欄位，一個是純文字的正面內容，一個是純文字的反面內容，接著用相同的方式匯入 Anki 即可。

　　但我個人不太建議批次新增卡片，手動新增卡片更能有效幫助學習，若要批次新增卡片也請再三確認這些真的是你想要學習的東西。

Q19：我想要將某些圖片的文字擷取出來新增進卡片內，有辦法嗎？

有兩個方式可以達成目的：

1. 手動輸入文字。

2. 將 文 字 掃 描 或 照 相 後， 使 用 OCR（Optical Character Recognition）工具擷取文字。

## 2・裝置同步與版本問題

Q1：開啟 Anki 之後，跳出訊息告知有新的更新，我應該更新嗎？

請更新，但下載完安裝檔後**請確定 Anki 已經關閉才能執行安裝檔**。

Q2：我有一台 Windows 桌電，一台 MAC Pro 筆電，為何在 Windows 那台裝好的 Anki 附加元件（add-on）要在 MAC Pro 上再裝一次？

AnkiWeb 可以幫你同步不同電腦中的牌組與卡片，但**各附加元件不會在裝置之間同步，每個裝置仍需自行安裝每份附加元件**，好在安裝步驟很簡單，且只需安裝一次。

Q3：我用手機版 Anki 新增卡片，但手機打字很慢，有沒有更方便的方法？

手機打字本來就比較慢，這是裝置限制，沒有辦法。建議盡量使用電腦新增卡片，再透過同步功能同步到手機或其他裝置上複習。畢竟電腦操作方便，手機則是攜帶方便，兩者本來就應該各司其職。

Q4：我在電腦的 Anki 帳號已插入發音，但同步後在 Ankiweb 上卻聽不到發音？

請先確認聲音檔是否為 mp3 或 wav 格式，在 Anki 主畫面上方選按工具→偏好設定→網路，將「同步聲音與影像」打勾，重新同步一次即可。

Q5：手機版的 AnkiDroid 卡片是備份在哪裡呢？

預設路徑是 /sdcard/ankidroid。若手機沒有裝 SD 卡，那麼預設路徑就是手機內的 /AnkiDroid。

Q6：手機版本有支援 Japanese Support 嗎？

手機版的 Anki（AnkiDroid）建立卡片時不支援使用 Japanese Support，但是如果是在電腦版 Anki 新增卡片並用 Japanese Support 產生拼音後，在手機版是可以正確顯示的。所以建議讀者盡量用電腦新增卡片，再依需求同步到手機上複習，畢竟用手機輸入日文也是蠻辛苦的。

Q7：有必要付費購買 iOS 的 Anki App 嗎？

iOS 版本的 AnkiMobile 是所有平台唯一需要收費的，iOS 的使用者有沒有必要花錢購買 AnkiMobile 呢？

如果你是學生或沒有多餘的錢，就用瀏覽器登入免費的 AnkiWeb 複習即可，雖然功能較少，但該有的都有了。如果你是 iOS 愛好者又有可支配的支出，建議可以考慮購買 AnkiMobile，該 App 是由電腦版原作者 Damien Elmes 進行開發與維護，除了品質保證以外，你的購買也是對原作者最大的鼓勵。

Q8：同步時出現：「您電腦上的時鐘必須正確設定才能同步。請先設
定時鐘然後再試一次。」

　　若你在使用 Anki 的同步功能時出現這個錯誤，代表你目前電腦
的時間跟正常時間有誤差，請更正電腦的時間設定。點選 Windows 主
畫面右下角的時間，選擇「變更日期和時間設定值」，再選擇「變更
日期和時間」，並調整至正確的時間與日期。

　　若電腦有連上網路，也可以利用網路同步時間，將伺服器設定成
「time.windows.com」。


Q9：使用 MAC 版 Anki 時，複製（ctrl＋c）與貼上（ctrl＋v）等快捷
鍵常常無法正常運作？

　　這是 MAC 的中文輸入法與 Anki 產生的 bug，請切換回英文輸入
法，就能正常使用這些快捷鍵了。例如全選（ctrl＋a）、剪下（ctrl＋
x）、複製（ctrl＋c）、貼上（ctrl＋v）等等。


Q10：於 AnkiWeb 新增單字卡，同步到電腦版後，新增的卡片無法顯
示？

　　請檢查用來新增單字卡的筆記類型之卡片版面樣式，是否有疏漏
的 CSS。

# 3・其他問題

### Q1：Anki 安裝過程出現「configuration is not correct」字樣？

請先下載並安裝微軟 Visual C＋＋SP（https://goo.gl/HiHkpW），安裝完後再重新嘗試安裝 Anki。

### Q2：能不能手動重複播放卡片的聲音檔？

Anki 2.1.20 後的版本，已內建此功能。當複習到有聲音檔的卡片時，卡片會顯示「播放按鈕」，用滑鼠點選即可重複播放聲音檔。

### Q3：Anki 卡片內的多媒體資料放在哪裡呢？

Anki 卡片內的多媒體資料，包含你插入卡片中的聲音檔、圖片檔等等，都可直接從電腦內存取。

Windows 在 C:\使用者\（Windows 使用者名稱）\AppData\Roamine\Anki2\（你的 Anki 使用者名稱）\collection.media

Mac 在～/Documents/Anki/（你的 Anki 使用者名稱）\collection.media

### Q4：Anki 可以插入數學運算式子嗎？

可以，Anki 支援 LaTeX 公式與 LaTeX 數學環境，語法為 [latex][/latex]、[$][/$]與[$][/$]，在新增或編輯卡片頁面的右上方有個黑色的倒三角形，按下去即可插入 LaTeX。但我不建議這樣做，沒有必要把新增卡片弄得好像要寫論文一樣，請記住建立卡片的原則：「建立一張新卡片的時間越短、越簡單越好。」

因此我建議直接將數學運算式子用手寫在紙上，然後用手機拍起來，這時 Dropbox 或 Google 相簿等軟體會自動幫你把照片同步到電腦，再用小畫家把照片縮小剪裁，複製貼上即可建立新卡片。

**Q5：複製網路上的 KK 音標文字進 Anki 欄位，但 Anki 卻無法正常顯示？**

這是編碼問題，因為某些音標系統包含不常用的特殊字元，有些特殊字元即使在電腦端正常顯示，也有可能在手機端顯示不出來，或是相反。因此建議各位讀者不要使用傳統音標，而是直接在不熟悉單字發音的卡片上插入語音（參考 134 頁說明），或配合中文注音來註釋，**畢竟音標再怎麼厲害也不會比直接聽語音更準確呀！**

**Q6：裝了 Japanese Support 附加元件後，卻無法正常顯示漢字拼音？**

請先確認：

1. 有安裝 Japanese Support

2. 有新增 Japanese（recognition&recall）的筆記類型，且沒有變更名稱

3. 新增卡片時有選擇 Japanese（recognition&recall）筆記類型

若以上都確認無誤，請到卡片版面內，將{{Reading}}改成{{furigana: Reading}}。

**Q7：修改卡片版面後，出現：「您輸入的內容會清空所有卡片上的內容。」**

這是因為在修改卡片版面時，你輸入的欄位變數名稱（長得像{正面}這樣）與內建欄位名稱不相符，導致 Anki 找不到欄位所致，最簡

單的方法就是參考 144-147頁 的說明，將卡片版面修改回最原始狀態。

　　如果還是無法解決問題，請手動找出正確的欄位名稱，並將其填回欄位變數，步驟如下：在 Anki 主畫面按下工具→管理筆記類型→選擇出問題的筆記類型→欄位，然後記下欄位名稱。如下圖，欄位名稱就是「正面」與「背面」，你看到的不見得跟我的一樣，請記下你的。

　　按下關閉，再按下「卡片」來修改卡片版面，並將剛剛的欄位名稱對應到 {{}} 內的名稱，如果沒有的話，請手動修改，修改完成後關閉即可。

Q8：Anki 是否支援搖桿？

　　Anki 本身不支援搖桿，但可以透過第三方軟體驅動搖桿，達到相同的目的。我個人經常使用 Xbox 360 搖桿配合 Xpadder 來操作 Anki，詳細作法請參考此影片：https://goo.gl/CPObf3。

Q9：Anki 的自動備份會很佔空間嗎？

　　我使用 Anki 約 7 年多，總共建立約 46,000 張卡片，牌組大小為 45,000 KB，也就是 45 MB。因此可假設「一張卡片＝1 KB」。Anki 預設會自動保留 30 個備份，以我的例子而言，Anki 的自動備份佔了 45×30＝1,350 MB，約等於 1.4 GB，在這個硬碟隨便都幾 TB 級起跳的時代，1.4 GB 應該稱不上佔空間，而且也要用了 7 年才會有這個煩惱，7 年後硬碟容量不知道都變多大了。

　　如果有硬碟空間限制的讀者，請在 Anki 主畫面上方選單欄位按工具→偏好設定→備份，將自動備份數降低，但建議還是要設在 10 以上，畢竟備份就是為了保險啊。（註：這邊採用的估算方式為 1 TB＝1,000 GB ＝1,000,000 MB＝1,000,000,000 KB）


Q10：單字卡越累積越多，多到複習不完或沒時間複習，怎麼辦？

　　單字卡的確會越累計越多，這是正常的情形，但是只要你每天都有使用且認真去記住它的話，它下次就會隔越久才會再次出現，照理說不容易累積。如果會有累積到複習不完的情形，很可能是因為你有幾天偷懶，所以記得每天都要抽出時間複習喔！

　　如果你覺得最近生活比較忙，也可到**偏好設定**中將「每天的新卡片數量」暫時調低，等到忙碌完了再調回來。


Q11：Anki 明明就支援克漏字（Cloze），為什麼書中完全沒有介紹？

　　有兩個原因，第一個是克漏字需要用到**克漏題筆記類型**，而非我們常用的**基本型（含反向的卡片）**，使用者在新增卡片時容易搞混。我們使用 Anki 的重點是：「建立一張新卡片的時間越短、越簡單越好。」任何會降低我們新增卡片速度的因素都應該盡力排除。

另一個原因在於，「用**基本型（含反向的卡片）**就可以做到克漏字卡片的效果」。例如下列兩張圖分別是「標準的克漏題寫法」以及用「基本型（含反向的卡片）」模擬克漏題的卡片。

就語法而言，克漏題的語法比基本型還要複雜得多，會降低我們建立卡片的速度；就產量而言，基本型用底線就可以輕鬆達到類似克漏題的效果；就識別度而言，基本型更是樂勝，因為克漏題根本沒有識別功能。由此可知，克漏題可以完全被基本型取代，因此也就沒有特別介紹的必要了。

如果還有其他 Anki 使用上的疑問，可至下列網站參考相關資料：

- 官方 Anki 使用手冊，網址：https://docs.ankiweb.net/#/
- 作者以前錄製的「交大金城武 Anki 教學」YouTube 系列影片，
  網址：https://goo.gl/vfClU3

・至作者所成立的 Facebook「Anki 中文交流社團」提問
　網址：https://goo.gl/GeUqX4

Anki 使用手冊　　YouTube 教學　　Anki 臉書社團

　　特別提醒，若你對作業系統、程式語言或是 Anki 不夠熟悉的
話，太過「特殊」的操作可能導致資料面臨不必要的風險，因此**建議
一般讀者「不要」去嘗試這系列教學文「沒有提到」的用法**，以免事
後還要花費大量時間解決一個本來就不應該出現的問題。

# Part 3

# 除了 Anki，
# 自學還需要的數位管理工具

# 第8章 | 資源管理：其實你每天都在做

小明：「為什麼不論平日還是假日，美國球場的觀眾席上總是坐滿了人呢？」

小華：「因為美國人有美國時間啊！」

但是很遺憾的，不是每個人都可以像李慶安一樣做個堂堂正正的美國人。我們一方面不用去煩惱綠卡會不會自動失效，生活可以過得比較輕鬆，但另一方面我們沒有那個「美國時間」去做所有想做的事情，**想過最充實的生活，就必須對有限的時間做最有效率的應用。**

時間管理的本質就是資源管理，「資源管理」考驗著我們如何將有限的「資源」分配給無限的「資源消耗者」，聽起來很麻煩，但有趣的是，其實你每天都在做這樣的事情。

各位讀者有聽過《世紀帝國》吧，在遊戲裡玩家要採集食物、木材、黃金、石頭，然後用這些資源來建造建築物、單位並升級科技，每個建築物、單位與科技所需的資源都不一樣，玩家必須在三者之間做最有效率的分配。在《世紀帝國》裡，食物、木材、黃金、石頭就是「資源」，建築物、單位、科技就是「資源消耗者」，而玩家在做的事情就是「資源管理」。

現在年輕人可能沒玩過《世紀帝國》了，但至少也玩過 DOTA 類遊戲吧。以《英雄聯盟》來說，玩家也是在做一樣的事情，在遊戲裡

透過尾刀敵方小兵、敵方英雄、殺野怪或推塔來取得金錢，然後用這些金錢購買裝備、道具以及帶在身上當裝飾但從來不會插的眼。在《英雄聯盟》裡，金錢就是「資源」，裝備、道具與眼就是「資源消耗者」，而玩家在做的事情依然是「資源管理」。

在電玩遊戲裡，為了不要使規則太複雜以利維持平衡，會對「資源消耗者」的數量加以限制，例如《世紀帝國》的建築物、單位就是那幾十種，《英雄聯盟》的裝備、道具就是那幾十種。在這樣的環境下，玩家在經過實驗後可從其中找出「CP 值最高」的「資源分配法」。例如《世紀帝國 2》的 15 分升城堡、《英雄聯盟》的蜈蚣安妮配裝、《星海爭霸 2》的神族 4 Gate Robo、《爐石戰記》的 Mage Control Deck、《文明帝國 5》的 4 City Tradition 等最佳打法。

但我們本章要談的主題——時間管理，並沒有上述這樣的特性，在現實生活中，每個人的家世、背景、年齡、職業、生活周遭的人事物都大不相同，沒有一套「CP 值最高」的「時間分配法」。也就是說，時間管理沒有一套最佳解，只有你自己親自去體會，才能找到最適合你的時間管理方式。

| 資源管理 | 資源 | 資源消耗者 |
| --- | --- | --- |
| 世紀帝國 | 食物、木材、黃金等 | 建造建築、單位、科技 |
| 星海爭霸 | 水晶晶礦、高能瓦斯 | 建造建築、單位、科技 |
| 英雄聯盟 | 金幣 | 買裝備、道具、眼 |
| 爐石戰記 | 法力水晶 | 出卡牌 |
| 文明帝國 | 科技、食物、槌子、文化等 | 太多了，我先再去玩一回合再告訴你 |
| 金錢管理 | 金錢 | 買東西 |
| 時間管理 | 時間 | 做事情 |

# 第9章 | 金錢管理

　　機師有電子模擬飛行訓練、學生議會有聯合國模擬會議、工程師有虛擬系統協助開發程式、網路上也有虛擬證券市場讓小資族模擬投資，這些工具讓我們可以在低風險的環境下做有效率的模擬練習。

　　**那麼，有沒有什麼東西可以讓我們模擬「時間管理」呢？**

　　有的，它就叫做「金錢管理」。

　　如同前頁表格所示，金錢與時間都是一種**資源**。「你一天有 24 小時，想做 6 件事，每件事情都會花 1 小時」就可以類比成「你錢包有 2400 元，想買 6 個東西，每個東西都需要 100 元」。「時間管理」要考慮的因素比較複雜，相對之下，「金錢管理」的難度就降低許多。

　　金錢管理除了是時間管理的前哨戰之外，本身也具有非常重要的意義。大家都明白「江山易改，本性難移」的道理，某些個性或習慣一旦養成了會非常難更改，而我們在金錢的支出上也有所謂的「消費習慣」，顧名思義這也是一種「習慣」，一旦養成了之後會很難更改。

　　特別是還沒有自己賺錢過的學生對金錢的敏感度較不足，若在學生時期養成不好的消費習慣，出社會後也很容易成為月光族，甚至還會變成所謂的卡奴，因此非常建議每位讀者都能養成記帳的習慣。

　　有句諺語叫做「時間就是金錢」，但是大家都知道，金錢的價值遠不及時間，再多的金錢也買不到一秒的時間。**如果你連實體的金錢都管理不好了，又怎麼會覺得自己有能力掌控抽象的時間呢？**

　　所以在做時間管理之前，第一步就是要先把金錢管理給做好！

# 1．金錢管理工具

　　金錢與時間都是一種**資源**，要能確實的將資源流動情形記錄下來，才能找出可以改進的地方，進而提升資源使用效率。管理資源最基本的需求就是要能掌握資源的流入與輸出情形，用金錢流來看就是所謂的收入與支出，而**將金錢的收入支出記錄下來的行為就稱作「記帳」**。

　　「記帳」不是一個新穎的概念，相信許多讀者原本就有記帳的習慣，坊間各大書局（e.g.民明書房）也有販賣所謂的記帳本，如果讀者已經有自己熟悉的記帳方式當然是最好；如果沒有的話，我會建議「記帳工具」至少能有下列幾個功能：

- **簡單好用**：「記帳」是個很值得養成的習慣，如果步驟太複雜會讓人聞之卻步，因此簡單好用是最基本的要求。

- **手機、行動裝置皆可編輯**：現在人手一支智慧型裝置，如果記帳工具能透過手機編輯的話將會大大增加實用性，所有支出都能在第一時間紀錄下來，不會像以前一樣，回到家拿出紙筆要記帳時，已經忘記晚餐到底花了多少錢了。

- **跨平台**：如果今天使用 Android 的某一款記帳 App，哪天換成 iPhone 就不能用的話會很令人困擾，故跨平台也是很重要的選擇條件。

- **雲端同步**：如果用手機記帳完後，回到家還得從手機將記錄匯出到平板或電腦，這樣也是挺累人的，雲端同步可以讓你省下這些功夫。

- **圖表統計數據**：圖表是記帳非常重要的一環，透過圖表統計，我們可以一眼就清楚看見每個月的支出增減、項目支出比例、預算消耗率等等。我們要根據記帳的結果檢討消費行為，故良

好的圖表是不可或缺的一環。

- **長期支援**：如果開發記帳 App 的公司倒了，產品沒了，你的記錄也可能就跟著消失或失去技術支援，所以請盡量選擇大公司出品的 App 會比較有保障。

## 2·怎麼選擇記帳工具

記帳工具百百種，但是基於以上提到的，我不建議讀者使用傳統的紙筆記帳，主要原因在於紙筆記帳無法產出圖表，使用者必須花費大量時間周旋在眾多統計數字間，非常沒有效率。又或者你人長得跟我一樣帥，但字跟我一樣醜，記帳時不小心把 3 誤植成 8，這類求好心切的小錯誤都會給我們帶來許多不必要的麻煩。

碩一時，有個學弟興沖沖地下載了好多記帳軟體試用，然後跑來跟我抱怨。

學弟：「學長，記帳好麻煩喔。而且記帳 App 的進階功能都要付費，很不人道耶！」

我：「你北七喔？啊人家寫 App 就是要賺錢啊，不然是寫來練身體的喔？不爽不要記啊。」

學弟：「喔……」

學弟面有難色接受後就跑去幫學妹買炸蝦飯了。過沒幾天，學弟又跑來問腦殘問題。

學弟：「學長，有些記帳 App 免費好用沒廣告，但是卻沒有任何 Privacy Policy（保密規則），我的資料會不會被蒐集之後拿去亂用啊？」

我：「啊使用人家寫的 App 本來就有這樣的風險啊，你的首頁都設成 hao123 了還有什麼好怕的？要不要我再幫你裝個金山毒霸還是 360 安全衛士？」

學弟：「喔……」

學弟面有難色接受後就回去八舍烤香腸了。過一會，學妹用 Facebook 私訊傳來相同的問題。

學妹：「學長，記帳好麻煩喔。而且記帳 App 的進階功能都要付費，很不人道耶！」

我：「沒錯，真是太糟糕了！而且你知道嗎？有些 App 雖然免費好用沒廣告，但卻可能有個資外洩的風險喔！」

學妹：「好可怕喔！那學長你都用什麼軟體來記帳啊？」

我：「我直接自己用 Google Sheet 寫記帳表來用啊，你有 Google 帳號嗎？我可以分享給你 ^_^」

學妹：「哇！學長你好厲害喔！那以後我有記帳問題可以問你嗎？」

我：「可以啊！^_^」

學妹：「恩恩呵呵先洗澡掰～」

兩個星期後，學妹就跟隔壁系那個開 Audi 來上課的富二代在一起了。沒錯，治標不如治本，先找到長期飯票，只要不用花錢就不會有記帳的問題，學妹真是聰明。

## 3‧Google 雲端記帳表

上面那段只是讓各位讀者放鬆的玩笑話啦，畢竟在現實生活中根本不可能會有女生跟我講話。不過上大學之後，我的確一直在尋找簡單好用的記帳方式，嘗試過許多不同的記帳軟體，都不太能符合自己的需求，最後乾脆自己用 Google 試算表做出一個簡易記帳表格。概觀如下頁圖：

| 項目 | 支出 | 百分比 | 預算 | 剩餘預算 | 剩餘% |
|---|---|---|---|---|---|
| 食物 | 6,273 | 71% | 8,000 | 1,727 | 22% |
| 生活 | 350 | 4% | 1,500 | 1,150 | 77% |
| 娛樂 | 1,379 | 16% | 1,500 | 121 | 8% |
| 交通 | 700 | 8% | 1,500 | 800 | 53% |
| 住宿 | 150 | 2% | 6,000 | 5,850 | 98% |
| 總計 | 8,852 | 100% | 18,500 | 9,648 | 52% |

1日己填1
單格

支出分布

左邊大概框起來，右鍵→隱條件格式設定，可調整註解背景色，金額自動背景色(預設為250內黃色、500淺紅、1000桃紅、超過1000深紅)

上面 [剩餘%] 的 [剩餘]色部分色一樣。

[本月概觀] 的 [預算] 部分請自己填。

合計： 393　2,438　2,690　0　752　食物 6,273　生活 350　娛樂 1,379　交通 700　住宿 150　其他 0

總共(不含其他)　8,852

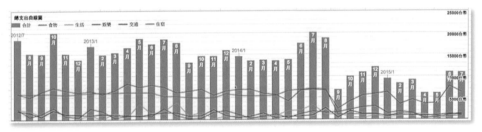

總支出曲線圖　■合計　—食物　—生活　—娛樂　—交通　—住宿

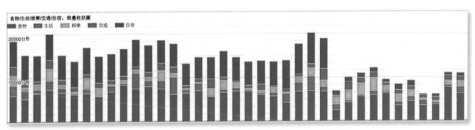

食物/生活/娛樂/交通/住宿, 堆疊柱狀圖　■食物　■生活　■娛樂　■交通　■住宿

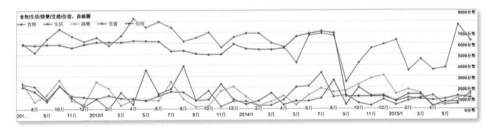

食物/生活/娛樂/交通/住宿, 曲線圖　—食物　—生活　—娛樂　—交通　—住宿

　　Google 試算表除了擁有上述簡單好用、行動裝置皆可編輯、跨平台、雲端同步的特性外，還包含了許多其他優點：

- **免費**（只要有 Gmail 帳戶皆可使用）
- 操作簡單，就跟操作 Excel 一模一樣
- 支援多種圖表
- 可輸出成多種檔案型態
- 可以快速跟他人分享
- 整合並儲存於 Google 雲端硬碟（Google Drive）
- Google 主力產品之一，在可預見的未來都不會失去支援
- 有明確的 Privacy Policy（保密規則）

# 4・建立自己的記帳表

　　你可以自己在 Google 試算表建立記帳表，做法就跟傳統的 Excel 一樣。也可以複製我的記帳表至你的 Google 雲端硬碟，當成範本來修改，以下步驟建議使用電腦操作，不建議在手機上操作。

　》 在瀏覽器登入你的 gmail，登入完成後，開啟這份記帳試算表
　　　範本：https://goo.gl/BrCRJu
　》 建立試算表副本，點選檔案→建立副本。

　　接著填入適當的檔案名稱，例如：

- 王小明的記帳表
- 交大金城武的記帳表
- 政大吳彥祖的記帳表
- 三重劉德華的記帳表
- 苗栗小五郎的記帳表

　　請**不要**打勾「與同樣的協作者共用」這個選項。

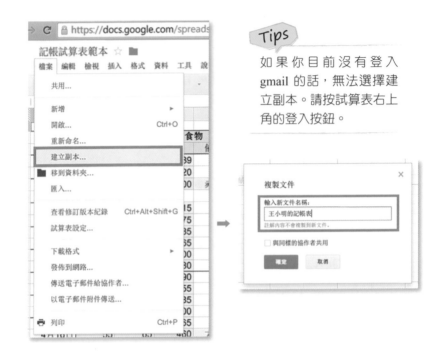

Tips

如果你目前沒有登入
gmail 的話，無法選擇建
立副本。請按試算表右上
角的登入按鈕。

» 回到 Google 雲端硬碟的主畫面，可以看見剛剛建立的記帳表
副本（e.g. 王小明的記帳表），表示這個記帳表現在是屬於你的
了。

# 5・記帳表操作方式

在 Google 雲端硬碟點兩下開啟你的記帳表。

## A ｜ 介面總覽

記帳表主頁面大致可以分成幾個區塊，如下圖：

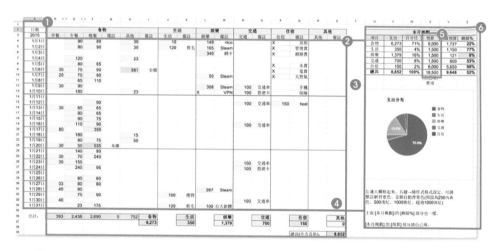

❶ 年份及月份，當新增新的月份記帳表時需要做修改。

❷ 主要的記帳區域，在這邊填入消費金額以及備註。試算表會自動依據填入的內容改變格子的背景顏色。

❸ 自由標記欄位，可用來記該日的事項，例如當日電表數或天然氣度數。

❹ 自動依據區域❷的內容做統計，不需修改。

❺ 請填入這個月的預算（預設 $18,500）。

❻ 自動依據區域❷的內容做統計、畫圓餅圖，不需修改。

## B ｜ 開始記帳

把金額以及備註填入區域❷所對應的日期、項目即可。工作表最下方的主選單，可以用來新增、移除、選取不同月份的記帳表，或者觀看總統計表、水電天然氣表等等附錄資料。

## C ｜ 修改月份

### 新增月份：

» 在下方主選單，把滑鼠移到目前的月份（ex：2015/1）

» 按右鍵→複製

» 重新命名新建立的工作表為新的月份（ex：2015/1 的副本 →2015/2）

» 刪除新月份工作表中間的舊有記帳紀錄，修改左方區域❶的年份與日期，完成！

### 刪除月份：

» 在下方主選單，把滑鼠移到欲刪除的月份（ex：範例 2013/4）

» 按右鍵→刪除。

## D ｜ 調整區域❷格子背景顏色

試算表會自動依據填入的內容改變格子的背景顏色。預設為：

· 文字：淺灰色
· 金額 250 以下：黃色
· 金額 250～500：淺紅
· 金額 500～1000：桃紅
· 金額 1000 以上：深紅

若要更改設定，請圈選記帳區域（預設 B4: S34）後按右鍵→條件式格式設定（見下頁圖）。

## E ｜ 使用探索功能

　　除了使用我預設的圖表之外，你也可以根據自己的記帳需求建立圖表。若覺得建立圖表太過麻煩，或只是想快速得知某些訊息時，可以嘗試看看使用 Google 試算表的探索功能。請點選試算表最右下角如下圖的星號標籤，即可開啟。

　　探索功能會在右邊開一個小區塊，依照你目前滑鼠選擇的區域，用智慧化的方式去判斷「你想得到那些資訊」，接著再將這些資訊用圖表呈現。舉例來說，請將滑鼠游標從「本月概觀」的「項目」欄位選取到「住宿百分比」欄位（預設 U3: W8），此時探索區塊會聰明地判斷出「喔～你應該是想要看它們各自所佔的比例吧！」於是顯示出圓餅圖。

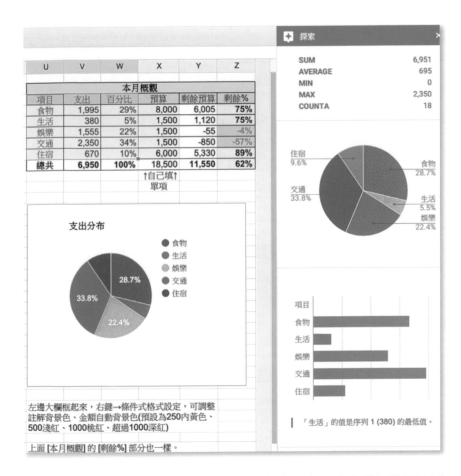

由圖可見，探索頁面產生的圓餅圖與我們支出分布的圓餅圖是完全相同的。依此類推，善用 Google 試算表的探索功能，即可快速從資料中取出圖表資訊。

## 6 · 用行動裝置隨時記帳

此記帳表格其實就是 Google 試算表，因此只要能編輯 Google 試算表的裝置都能編輯記帳表，以下示範 Android 裝置的操作步驟，ios 裝置則大同小異。

» 連上 Google play 商店，下載 Google 試算表這個 App。

» 開啟 Google 試算表 App，找到記帳表檔案（e.g. 王小明的記帳表），開啟它。

» 點兩下格子，即可輸入金額與備註等等，操作方式跟電腦版一模一樣。

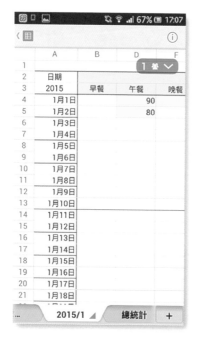

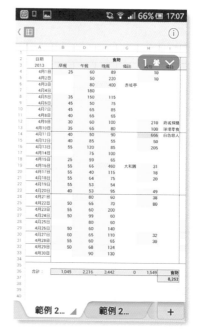

## 7 · 選擇自己最適合的

這個記帳表是以學生或個人為目標，故依然有其不足之處，但若讀者目前沒有熟悉的記帳軟體，不妨可以參考看看。Google 試算表最大的優點就是它的彈性很高，有任何不滿意的地方，你都可以依照自己的需求做修改，創造最適合自己的記帳表。

建議各位讀者可以多多嘗試幾個不同的 App，找到最適合自己的那一個，沒有一個工具是完美的，重點在於能不能找到符合上述強調的功能，同時用起來又最舒服的記帳工具。

開始使用記帳軟體之後，就請老老實實地記錄每次消費，就算超出了自己原先設定的預算也沒關係，塗改記帳表上的數字或許能抵銷掉暫時的罪惡感，但會嚴重影響事後分析的準確度。

不要忘記，記帳只是一個過程，我們的目標是要從記帳的結果找出可以改進的地方，請務必確實分類、誠實記錄；記好記滿，忍辱負重；問心無愧、笑孃由人。

# 第10章 | 對付金錢小偷

## 1‧優先減少奢侈支出

開始記帳之後，你會漸漸發現有些支出是不可避免的，例如基本食物費、通勤費、住宿費等等，這些開銷大約會佔一半，而剩下的那一半就是我們可以減少的支出。

建議讀者先從降低「奢侈品」與「娛樂」的開銷開始，試著習慣「優先減少娛樂項目」的感覺，這對之後的時間管理會有很大幫助。

如果不確定某個東西是否為奢侈品，先不要買，過個幾天看看：

- 如果過沒幾天就對你生活造成一定程度的影響，那就是生活必需品。（e.g. 吹風機）
- 如果沒對你生活造成太大影響，但有的話會讓生活更方便，那就是機能用品。（e.g. 烤麵包機）
- 如果沒對你生活造成太大影響，但你心裡卻很想要，那就是奢侈品。（e.g. 包包）

當然，一個東西的實用性會依照其所在地區、價格、以及使用者生活習慣而有所差異，例如台北市大眾運輸發達，對通勤族來說汽車不是必需品，但對某些縣市而言沒車根本離不開家門；或者對小資族來說，有手機就能滿足上網需求，電腦不是必需品，但對軟體工程師來說，沒電腦根本不能工作。讀者應依照自己的條件來思考哪些是屬

於奢侈支出，並嘗試優先改進。

## 2・先想想上一個的命運

在購買東西前先停頓一下，問問自己：「上一個同類型的物品，現在怎麼了？」

上一個包包買了之後背了幾次？還是都背更早以前買的那個包包？

上一款買的電玩有玩完嗎？還是玩個兩三小時就沒碰了？

如果答案都是負面的，除非有特殊理由，否則就不該再購買同類型物品了。

「可是我這次是真的好想好想買欸！」

那就再問問自己：「上一個好想好想買的東西，現在怎麼樣了？」

你也曾經好想好想買那雙鞋子，現在它被你塞在鞋櫃深處，已經好幾年沒穿了；你也曾經好想好想買《湯姆克蘭西：全境封鎖》，現在你寧願滑手機也不想玩這款流失 95％ 玩家的遊戲，關於這個現象，同時湯姆克蘭西他自己本人也相當緊張。

接下來這段我本來不太想寫的，因為這會讓很多讀者產生罪惡感，但思考一下後發現，讀者越內疚、越感到罪惡我反而會越開心，所以還是寫一下好了。

各位還記得幾年前那段超商「集點換公仔」的風潮嗎？

你上一個集點換到的物品／公仔，現在怎麼樣了？

是過年大掃除時丟掉了，還是擺在家裡不知道哪個角落生灰塵？

**你真的還要花錢再換一次這樣的東西嗎？**

在購買任何東西前，請再次詢問一下自己：「上一個相同類型的物品，現在怎麼樣了？」

## 3．試著跳脫目前的角色

如果你覺得自己太常買東西，想要減少這方面的支出，卻又同時想要適度獎勵自己，在兩者之間抓不到平衡點的話，此時不妨換個角度思考。正所謂「當局者迷，旁觀者清」，其實你只要跳脫自己目前的身分，用其他角色的觀點揣摩購物需求，答案很快就呼之欲出了。

現在就來玩個角色扮演的遊戲，不用看著你的小腹沒關係，我們要玩的角色扮演不需要真的換衣服，只要用腦袋想像就可以了。

假設你有一個女兒……。

好啦，雖然像你這樣的魯蛇大概這輩子還沒交過男女朋友，如果不痛改前非好好努力的話以後也沒有什麼希望，但還是請發揮想像力想像一下：

- 你會因為玩具店打折而買禮物送給你女兒愛莉？
- 還是會因為愛莉幫忙做家事表現良好而買禮物獎勵她？

大部分的人會選擇**後者**；現在把角色切換回自己，回想最近幾次的消費：

- 你是因為百貨公司周年慶、Steam 特價而買禮物送給自己？
- 還是因為慰勞自己讀書、工作的辛勞而買禮物獎勵自己？

大部分人的答案卻是**前者**。

為什麼這樣子？為什麼我們不會單純因為玩具店打折而買禮物送給兒女？

原因很簡單，因為我們不想「寵壞」孩子，我們希望孩子能學會克制自己的物欲，要有付出才有享受，這是「為了她好」。

同樣的道理，「為了你自己好」，你也應該用相同的態度對待自己，克制自己的物欲，不要不小心「寵壞」了自己。

就跟吃大餐一樣，天天吃大餐胃口會越養越大，最後食之無味；若每次商品打折特價就獎勵自己，最後也會失去那種努力過後得到獎勵的喜悅感。

試著跳脫自己的角色，用客觀態度面對每一筆可能的支出，就能做出最合理的判斷。

## 4・雞肋理論

有些人很奇怪，無論是贈品、試用包、加購商品還是什麼有的沒的活動，只要可以換就盡可能去換，可以加購就盡可能去加購，儘管換來或加購來的東西以後根本不可能用到。

最常聽到的理由就是：「不拿白不拿啊。」

問題是拿了、買了之後用不到，放也不知道要放在哪裡，直接丟掉又覺得浪費，結果就是家裡塞了一堆沒用的東西，最後過年大掃除時才全部打包送給垃圾車。

> **Tips**
>
> 雞肋：雞的肋骨。「食之無味，棄之可惜。」比喻無多大意味、但又不忍捨棄之事物。
>
> ——台灣 Wiki

「不拿白不拿」的結果就是「拿了也是白拿」。

雞肋這種東西，食之無味，棄之可惜。但是請各位讀者捲起褲管，用膝蓋好好想一下，如果都已經食之無味了，又怎麼會棄之可惜呢？

# 5 · 每月檢討消費記錄

| 項目 | 支出 | 百分比 | 預算 | 剩餘預算 | 剩餘% |
|---|---|---|---|---|---|
| 食物 | 6,273 | 71% | 8,000 | 1,727 | 22% |
| 生活 | 350 | 4% | 1,500 | 1,150 | 77% |
| 娛樂 | 1,379 | 16% | 1,500 | 121 | 8% |
| 交通 | 700 | 8% | 1,500 | 800 | 53% |
| 住宿 | 150 | 2% | 6,000 | 5,850 | 98% |
| 總計 | 8,852 | 100% | 16,500 | 9,648 | 52% |

支出分布

左邊大橢圓起來，右鍵→儲存格格式設定，可調整註解背景色、金額自動背景色（預設為250內黃色、500淺紅、1000桃紅、超過1000深紅）。

上面 [本月概覽] 的 [剩餘%] 部分亦一樣。

[本月概覽] 的 [預算] 部分請自己填。

食物合計 6,273　生活 350　娛樂 1,379　交通 700　住宿 150　其他 0

硬科(不含其他) 8,852

當記帳滿一個月後，請利用圖表來檢視這個月的支出記錄，大致步驟如下：

- 檢討各類別支出比例是否合理。
  （e.g. 娛樂總支出不該大於食物支出）
- 檢討是否有類別的支出超過預算，是預算評估錯誤還是支出沒控制好？
- 檢討金額過高的單筆支出是否為必要性消費，使用情形是否如預期。（e.g. 買了一個 2000 元的包包，但買完後卻很少背）
- 思考下個月有沒有什麼特殊事件與預計消費，並調整下個月的預算。（e.g. 繳稅、旅遊計畫、保險到期等等）

**「我怎麼會有這麼多不必要的支出！？」**

如果這是你第一個月記帳的話，應該會對自己的消費記錄感到十分驚訝。但只要**每天老實記帳養成習慣，並在每個月底檢討該月消費**

記錄，不需幾個月，你很快就能夠掌握自己的預算與支出了。

看到這邊，你可能會問說：

「欸，現在是在拍攝《黃金傳說》的一個月一萬元生活嗎？為什麼對金錢的支出要這麼斤斤計較？」

「人無法選擇自己的出身，我的一生充滿了挫折，從三歲就開始當自耕農，全家兩代公務員，財產上百億，整天可以一直玩一直玩，不用記帳不是也活得好好的？」

**「我又不是沒有錢，幹嘛活得那麼痛苦？」**

對，你不是沒有錢，但是為了要成為更強的人，這段時間你就必須學習活得痛苦一點。

- 你要感受資源受限的感覺，金錢有限，想買的東西卻無限多。
- 你要學習在有限的預算內規劃未來，將金錢做最有效的分配。
- 你要體會那種明明有很多東西想買，但卻只能買一個的感受。
- 你要訓練從眾多想買的東西中，做一個最划算抉擇的決策力。

為什麼？因為這就是時間管理的本質。當你熟悉了金錢管理後，就能用相同的概念掌握時間管理：

- 你就能習慣資源受限的感覺，時間有限，要做的事情卻無限多。
- 你就能在有限的時間內規劃要做的事，將時間做最有效的分配。
- 你就能認清明明有很多事情想做，卻只能挑一件最重要的來做。
- 你就能擁有從眾多想做的事情中，做一個最划算抉擇的決策力。

　　你可能很有錢，想買什麼就能買什麼，<u>但無論你多有錢，你跟所有人一樣一天都只有 24 小時。</u>

　　衡量金錢預算並判斷是否要購買某個東西，就如同衡量時間成本並判斷是否要做某件事一樣；要有能力判斷某個東西值不值得買，才有能力判斷某件事值不值得做；要能控制自己不購買不必要的商品，才能控制自己不去做不必要的事情。

　　所以無論你富不富有都要做金錢管理，因為這是一個能讓你親身體驗資源管理的實際課程，也是時間管理重要的前哨站。

　　由於篇幅關係，其他金錢管理招式請參照 脫魯祕笈 。

# 6·投資自己

　　最後，金錢管理還有一個非常棒的附加價值：「省下來的錢可以拿來投資自己。」在本書一開始我們就提到，「金錢成本」與「學習效率」一向都是一體兩面的東西，金錢成本越高的工具，學習效率通常就會越高，這也就是為什麼經濟較寬裕的人通常會選擇去補習或請家教。

　　對於學生或社會新鮮人來說，這些學費可能是比較沈重的負擔。但只要金錢管理做得好，你就能省下不必要的開銷，而這些省下的這些錢就可以拿來投資自己，添購參考書、訂閱雜誌或購買 VoiceTube 的 Hero 課程等。在訓練資源管理的同時也能提升自己的學習效率，達到一個最佳的正向循環。

# 第11章 時間管理

## 1 · 時間管理工具

　　隨著科技發達，時間管理工具也越來越多，讀者可以自行選擇適合的。就跟記帳工具一樣，一個好的時間管理工具應包含下列功能：

・簡單好用
・手機、行動裝置皆可編輯
・跨平台
・雲端同步
・圖表統計數據
・長期支援

　　如果你目前沒有使用時間管理工具的話，我建議讀者可以嘗試 Google 行事曆，這是屬於 Google 服務的一部分，只要有 Gmail 帳號就能免費使用。

　　若你使用 Android 裝置，裝置內內建的行事曆就是 Google 行事曆了；若你使用蘋果的裝置（e.g. iPhone, iPad），可以選擇在裝置內新增 Google 帳號來同步 Google 帳戶內的行事曆，抑或直接到 App Store 下載 Google 日曆應用程式，再登入 Google 帳號即可。

　　還記得我們說過金錢管理就是時間管理的前哨站嗎？現在請將記帳的概念套用在時間管理上。

| 階段/類型 | 金錢管理 | 時間管理 |
|---|---|---|
| 準備階段 | 設定預算 | 安排未來行程 |
| 執行階段 | 消費 | 依照行程做事 |
| 記錄階段 | 誠實記帳 | 每日記錄簡易日記 |
| 檢討階段 | 每月檢討支出情形 | 每月檢討行程執行率 |

在做金錢管理時，我們需要知道「自己的金錢都花到哪裡去了」，同樣地，在做時間管理時，我們也希望能夠檢視「自己時間都花到哪裡去了」。最簡單的方法就是透過日記將其記錄下來。

# 2 · 打卡日記

但老實說，每天寫日記其實挺花時間的，且今天寫下的日記會是明天的黑歷史。故我們真正需要的東西並不是日記，而是能夠將今日活動做**客觀描述**的記錄。

但是只有客觀描述還是不夠，舉例來說：你昨天去圖書館準備期中考，但大部分時間都在滑手機；而你今天也去圖書館準備期中考，且非常認真讀書。若純粹做客觀描述，則看不出兩者區別：

- 昨天：圖書館準備期中考
- 今天：圖書館準備期中考

既然要做統計，就必須要有數值，也就是說我們必須將時間運用效率做「量化」。如果能有個評分制度將其量化，就能明顯看出差別，例如以 [1] 代表時間運用不佳、[2] 代表普通、[3] 代表良好。

- 昨天：[1] 圖書館準備期中考
- 今天：[3] 圖書館準備期中考

　　等等，昨天會滑手機是因為跟我一起去圖書館的小明都在玩啊，今天跟小華一起去就兩人都很認真在讀書了，這很重要也要加上去才行。

・昨天：[1] 圖書館準備期中考@小明
・今天：[3] 圖書館準備期中考@小華

　　昨天效率不好，只有讀計算機概論一科，今天進度超英趕美大躍進，讀了資料結構和演算法，這要怎麼記錄呢？

・昨天：[1] 圖書館準備期中考
　@小明#計算機概論
・今天：[3] 圖書館準備期中考
　@小華#資料結構#演算法

Tips
利用簡單的格式：
[分數] 事件@人物#標籤來
建立自己的「打卡日記」。

　　眼尖的讀者應該已經看出一些端倪了，沒錯，上述的記錄方式跟社群網站上妹子打卡的方式相似度高達 87%，也因如此，我將上述方式稱為「打卡日記」。
　　打卡日記的好處在於格式方便好記，任何人都可以快速上手。同樣都是打卡，別人用 Instagram 為自己膚淺的生活加上美肌濾鏡換取飄渺虛榮心的同時，你正在用 Google 日曆改善自己時間管理習慣，一天比一天變成更好的人。

## 3・用 Google 日曆記錄今天

接下來看實際怎麼在 Google 行事曆上操作。

首先為了避免與預設日曆產生衝突，我們需要建立一個「新的日曆」：開啟 Google 行事曆後，點選左邊「我的日曆」旁邊的小倒三角形，選擇「建立新日曆」。在「日曆名稱」填入「Diary」或「打卡日記」，點選「新增」。

新增成功後，在左邊「我的日曆」區塊就能看見剛剛新增的日曆了。

下一步來建立日記內容。點選今日日期便會彈出建立活動的視窗，在「事項」欄位依照打卡日記格式填入：[分數] 事件@人物#標籤，並在「日曆」欄位選擇剛剛建立的那個日曆（e.g. Diary），按下建立。

接著點選剛剛建立的活動，按下活動標題左邊的小倒三角形即可改變顏色。

　　依此類推，回顧一下今日的活動，並新增上去，看起來會像這樣：

| 5 廿三 | 6 廿四 | 7 廿五 |
| --- | --- | --- |
| [3] 回應部落格回應、信件 | [3] ubike大佳河濱公園@申伯 | [1] civ5 |
| [3] 煥博家吃飯@煥博 | [3] 回應部落格回應、信件 | [3] 剪頭毛 |
| | | [3] 搞 SteamWS 的模組上架 |
| | | [3] 阿才的店@彥博@凱聲@憲翰 |

| 12 三十 | 13 九月 | 14 初二 |
| --- | --- | --- |
| [3] 回應部落格回應、信件 | [1] civ5 | [1] civ5 |
| [3] 重灌電腦 | [2] 整理衣櫃 | [2] 製作文明五模組 noMoreTurns |
| [3] 體育客#運動 | [3] 跑步#運動 | [3] 南京復興Machikaka@楊涵 |

　　當你持續累積一個月之後，就會變成這樣，可以看見一張壯觀的日曆版打卡日記了。

　　我們可以藉由設定事件顏色來快速檢視一天、一星期或是一個月的時間運用情形，以下是我的用法：

- 紅色設定為時間運用效率較差的活動，例如娛樂活動。
- 黃色設定為時間運用效率較好的活動，例如做正事。

・綠色設定為朋友邀約、飯局、開會等牽涉到他人之不可抗力的活動。
・紫色設定為運動。

以上頁圖來說，該月前半部以黃色、綠色居多，代表該月前半部時間安排較為妥當。反觀下半月幾乎每天都在從事娛樂活動（紅色），沒有做什麼正事（黃色），這邊就會是我們優先要改進的部份。接下來深入看一下紅色活動，發現這個月的紅色基本上集中在「Civ5」與「Borderland 2」這兩款電玩上，如果下個月有比較重要的正事要處理，就要先把這兩款電玩刪掉。

就跟記帳一樣，細節處理方式每個人或許有些不同，但只要能掌握「誠實記錄」、「分析改善」與「持之以恆」，就能提升自己的時間使用效率。

另一方面，由於打卡日記格式固定，我們可以很簡單地寫出分析程式，用圖表來協助檢視過去這段時間的運用情形，詳情請參考 脫魯祕笈。

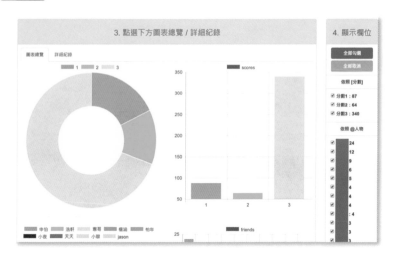

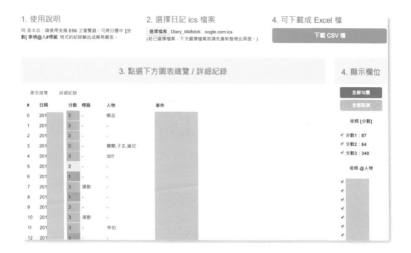

# 4・用 Google 日曆規劃明天

就跟金錢管理要設定預算一樣，時間管理另一個重點在於如何「安排未來行程」，網路上有許多文章、坊間也有許多書本介紹安排時間的方法，但這種東西很難提出一套適合所有人的準則，畢竟每個人年齡不同、職業不同、價值觀也不同，只有自己才能知道怎麼安排最有「效率」。

但是讀者也不用擔心，因為你其實很明白怎麼安排時間，我的意思是，難道你在看這本書之前完全沒安排過時間嗎？不可能吧，你肯定做過，只是想尋找更有效率的方法而已。

而我本身規劃未來行程的時候只有一個準則：**睡前先把今天活動做個總結，接著從待辦事項中挑一到三件事當作明天一定要完成的事，記錄在明日行程，然後明天盡全力把那些事做好做滿**。

就這樣，沒了。只要能做到這樣，你的時間運用就會比絕大多數的人都還要有效率了。

　　新增明日行程的方式跟建立打卡日記十分相似，請參考 192 頁的步驟，唯一要注意的是，新增完行程後請記得將**提醒功能打開**，Google 行事曆便會提前利用郵件、推播或 Chrome 提示視窗提醒你。

　　為什麼我時間規劃方式這麼簡單？因為對全世界 99％的人來說，怎麼安排時間是假議題，**怎麼遵照規劃的行程去行動**才是關鍵。

　　「咦？那全世界只有 1％的人不會做時間管理嗎？」

　　錯，時間管理之所以困難就在於，上述 99％的人安排了自己的行程之後，只有很少數的人會照著做，大部分都還是屬於「安排了時間行程，卻沒有去執行」的族群。而有趣的是，這些人卻看不見問題的本質，反而認為是自己不會安排時間，不停地去尋找新的時間管理方式，當然無法改善。

　　事實上，我也學過很多不同的時間管理方式，有興趣的讀者可以參考 脫魯祕笈，但很多都是學完就忘記了，更別說真正套用在生活上，對我而言，時間管理只要用上述那套最簡單的方式就夠了。

　　為什麼？

　　**因為我根本就沒有那麼多事情需要安排。**

　　OK，你說每個人狀況不一樣，像你就每天都有很多事情要做。

　　那請問一下，你這些事情有多少是從以前漸漸累積下來的？

　　如果你能先把本書中的這個最基本招式做到熟，**不再將今日該做的事情累積到明日去，那麼你還會有那麼多事情需要做嗎？**

# 5・以習慣養成習慣

看到這裡，有些讀者會提出疑問：用 Google 行事曆規劃行程是可以理解啦，可是記錄「打卡日記」時為什麼也要用 Google 行事曆呢？這些功能跟記帳的時候一樣用試算表就可以做到了啊！你是有收該團隊的回扣嗎？

我保證絕對沒有收受任何回扣，如果真有我收回扣的錄音帶，請讀者趕快交給檢調，讓我一刀斃命。

算了，我沒有黨證，還是不要亂開玩笑好了。

這邊我們使用的就是之前提到的「用習慣養成習慣」的技巧，當我們打開 Google 行事曆時，有兩件事情要做：

・第一個：記錄今日的活動總結
・第二個：規劃明日的活動行程

我們將這兩件事情透過同一種工具**緊緊地綁在一起**，每當我要規劃明日行程的同時，也會順便把今日活動做個總結；每當我要回顧過去日記的同時，也會順便看到未來規劃的活動；這個**同時「回顧過去」與「展望未來」的能力，是時間管理很重要的關鍵**，也就是我們使用 Google 行事曆記錄打卡日記的主要原因。讀者在使用其他工具時，也可以想辦法找出這樣的特性，提升使用效率。

# 第12章 | 對付時間小偷

　　都已經「安排好時間了」，為什麼卻還是無法「遵照規劃的行程去行動」呢？李組長眉頭一皺，感到事情並不單純。

　　而那個兇手，就在我們之中！

　　電腦與手機當初被發明出來時，是為了幫助人類快速處理大量資料、提升工作效率進而節省時間；但是隨著時代演進與行動裝置普及化，它們的角色也漸漸由特定用途轉變為娛樂為主。曾幾何時，這些理當幫助我們「節省時間」的裝置，卻變成我們「浪費時間」的主要對象。

　　現代人每天的生活都離不開網路與科技產品，這些東西縱使方便，但就像一把鋒利的雙面刃，若沒有好好駕馭，將會弄得自己傷痕累累。以下依據自身經驗提供一些可以有效對付時間小偷的方法。

## 1·網站瀏覽

　　第一個時間小偷就是「網站」，舉凡社交網站、網頁遊戲、論壇、網拍等都在此類，這類網頁會是你要開始做正事前的最大敵人。回想一下，你是不是常常坐在電腦前要做報告，結果報告沒弄幾分鐘就開始逛 Facebook、逛網拍、發廢文，晃到凌晨才想起報告還沒做。

　　「若你媽看到你這樣子，她會很擔心。」

　　想想看，如果你媽知道你這麼廢的話，她會怎麼做？

　　她會站在旁邊盯著，**把那些網站都封鎖，讓你不能分心**，只能乖

乖做報告。

　　問題是你媽不可能時時刻刻守在你身邊 Carry 你，但是我們可以用這樣的概念來限制自己。藉由一些工具來封鎖這些會令人分心的網站，讓自己專注在該做的事情上。市面上有許多具有此功能的工具，讀者可以自行嘗試看看，找到自己最適合的。例如：

- 適用於 Chrome 瀏覽器的 StayFocusd
- 適用於 Firefox 瀏覽器的 LeechBlock
- 適用於 MAC 系統的 Self Control
- 適用於 Windows 系統的 Cold Turkey、FocalFilter
- 適用於 Mac, Windows, iPhone, iPad, Android 系統的 Freedom。

　　其他還有很多工具，族繁不及備載，為了方便說明，以下就以我使用最久的 StayFocusd 作為實際例子來操作。

⬇ 首先開啟 Chrome Web Store，搜尋 StayFocusd 並安裝。

⬇ 安裝完後，在 Chrome 瀏覽器的右上角找到 StayFocusd 的圖示，點選後會跳出基本資訊。請稍微留意一下 Time Remaining 裡面的數字，等等會再解釋。選 Settings，會進入下一個畫面。

⬇ 如同此頁面的標題，這裡可以設定「每天允許瀏覽黑名單網站的時間」。接著請點選左邊的 Blocked sites。

⬇ 這裡可以設定「黑名單網站」，將網址輸入上方空格，按下「Add Blocked Sites」即可新增；反之，從下方欄位點選左邊的紅色叉叉則會將該網站從黑名單移除。

StayFocusd 有基本、Nuclear 模式兩個主要模式。基本模式運作概念如下：

- 你每天都有固定的「允許瀏覽黑名單網站」時間，我們稱之為時間餘額。
- 每當你瀏覽在「黑名單」上的網站或是「從黑名單網站」連出去的連結時，StayFocusd 會依照你瀏覽的時間消耗上述時間餘額。
- 當時間餘額全部用完之後，StayFocusd 就會將所有「黑名單網站」都封鎖，直到明天才又重新開放。
- 基本模式不用特別設定就會自動執行。

有些使用者會用這種方式來提升工作效率，但我認為這種方式比較沒有彈性，畢竟每人每天擁有的空閒時間是不固定的，相對的，我比較推薦使用 StayFocusd 的 Nuclear 模式，運作概念如下：

- 使用者自行設定一段時間，例如三小時，按下確定。
- 從按下確定開始，StayFocusd 就會將所有「黑名單網站」都封鎖，直到你設定的時間到了為止，例如三小時過後。
- 當開啟瀏覽器時，StayFocusd 預設使用基本模式，點選其圖示並選擇左下角的 "Nuclear Option" 即可開啟 Nuclear 模式。

我推薦 Nuclear 模式的原因在於，它具有明確的時間性與強制性。你明確的告訴電腦：「從現在開始到我規定的時間到為止，封鎖黑名單上面的網站。」而電腦也馬上會幫你封鎖黑名單網站而不用考慮時間餘額的問題，非常適合用在需要專注衝刺的工作階段。

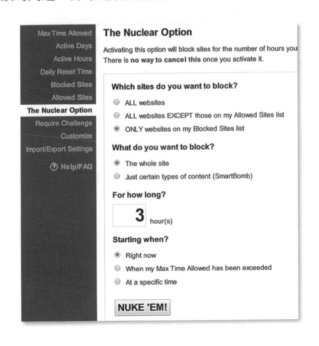

　　除了這些特色外，StayFocusd 也有很多其他設定，讀者可以自己玩玩、嘗試看看。非常建議各位讀者在做事之前，第一個步驟就是啟動這類「封鎖黑名單網站」工具。無論你要做什麼正事，只要用到電腦幾乎就一定會用到網頁瀏覽器（e.g.上網查資料），而只要用到網頁瀏覽器，你就隨時可能因為手滑、習慣動作、聖嬰現象、北極振盪、都普勒效應、帕雷托法則、牛頓第二運動定律等等各種不可思議的因素，不小心就打開了那些會讓你分心的社交網站、新聞網站、內容農場或論壇，然後三、四個小時就這樣浪費掉了。

　　所以，最好的方法就是把 StayFocusd 當成你媽，在開始做任何事情之前，先讓她幫忙把那些會讓你分心的網站都先封鎖，效率自然就會提升。

　　「可是把軟體當成老媽不是很奇怪嗎？」

　　拜託，現在科技這麼進步，都有一堆人把會唱歌的軟體當成老婆了，把會監督你做事的軟體當成老媽也不為過吧。

## 2·電玩遊戲

　　電玩娛樂從來就不是罪惡，如果該做的事情都做完了，那稍微讓自己放鬆一下也無傷大雅；錯就錯在於許多人無法妥善控制自己，該做的事都還沒做就開始玩，一玩就玩到廢寢忘食，才會讓電玩娛樂染上汙名。我自己本身是個重度電玩玩家，照理來說這麼沉迷於電玩的我應該是個電玩廢人，但實際上卻不是。只要能運用一些小技巧，還是能輕鬆地在娛樂與時間管理間找到平衡點。

　　買電腦時請選擇含有內顯的 CPU 與一張有力的 PCI-E 顯示卡，當你需要專心準備期中考時，就把顯示卡給拔掉改用內顯輸出。內顯對付一般文書需求雖然綽綽有餘，但跑遊戲會很吃力，要不就根本開

不起來，要不就畫面延遲嚴重，讓你打電動打得非常不爽，自然就不會想打了。在這段需要專心的期間，每次想到打電動都還要再重新安裝顯卡，付出額外的苦力，光想到就嫌麻煩，自然降低遊戲慾望。

如果很不幸你玩的是那種連內顯都跑得動的遊戲，就使用最傳統但最有效的招式——刪遊戲。遊戲刪掉了之後，每次你想玩都還要再重新安裝，付出額外的苦力，光想到就嫌麻煩，自然降低遊戲慾望。如果你玩的是封鎖國外 IP，要掛 VPN 才能連進去的日本製網頁遊戲，或是抄襲盜圖臉不紅氣不喘的中國製網頁遊戲，可以用上一節 StayFocusd 之類的軟體直接封鎖該網頁。

如果你玩的是家用主機的話，建議可以考慮脫手了，家用主機本身就只有「休閒娛樂」這個目的，它不像電腦具有其他「生產力」，只要你打開家機，就是單純為了打電動而已。這對時間管理很不友善，因為你除了「不要開機」之外，沒有太多技巧可以控制。且現在家機市場式微，遊戲開發商大多已改走多平台路線，XBOX 上面玩得到的遊戲，個人電腦也都玩得到。

家用主機會被綁網路、綁會員、綁搖桿、綁硬體、綁解析度、綁 FPS，甚至以後還會被綁 VR，更別說落後 PC 好幾年的 Modding 社群。而家用主機的獨佔遊戲也已經近乎消逝，在各工作室紛紛向多平台妥協之下，除了 Naughty Dog 外，還有哪個工作室有能力開發出值得留守家機的獨佔遊戲？與其花這麼多錢去當一個次等玩家，不如將這些設備賣掉換張高階顯卡，享受身為 PC Master Race 尊爵、高貴、不凡的榮耀。換成 PC 後，除了打電動更爽快之外，還可以享受眾多家機沒有的好處，而且拔掉顯卡「電玩工具」就能瞬間變成「學習工具」，何樂而不為呢？

# 3 · 手機遊戲

在人手一支智慧型手機的現代社會，不少人每天都會花許多時間在手機遊戲 App 上面，這些 App 以免費遊戲為大宗，但是內部附有遊戲內購買（In-app Purchases）的功能。正所謂「免錢的最貴」，這些遊戲看似免費，實際上卻會讓你付出比付費遊戲還要多的時間與金錢。

如果說電腦與家機遊戲是用遊戲性來吸引玩家的話，手機遊戲就是用心理學在壓榨玩家。舉例來說，雖然近年來垃圾 DLC 行銷手法大幅增加，但傳統電玩大多還是主打「一次性購買」，也就是說你花了 600 元買一款遊戲後就可以玩到所有內容。相較之下，大部份手機遊戲不需要花一毛錢就可免費玩，但是卻用小額課金的方式誘使你付費，最常見的課金主題就是所謂的「扭蛋系統」，遊戲內有許多不同的卡片、角色或道具，你可以藉由扭蛋系統消耗遊戲內資源（e.g. 虛擬金幣）來抽卡，卡片有強有弱，你可能會抽到「普通」卡，也可能抽到「稀有」卡，每次抽卡結果都是以機率方式決定。

這邊可以帶出一個可怕的結論：今天你付出一樣的金額，但是卻是依照「機率」得到不同結果。套句前立委的話，這個行為跟「賭博」相似度高達八成，而賭徒心態本身就是人的天性之一，所以才會說「手機遊戲是利用心理學壓榨玩家」。

而事實上，「扭蛋系統」比賭博還要可怕得多。在合法賭場內，下注機率至少是「公正」的，但是手機遊戲的抽獎公式寫在遊戲公司伺服器的程式碼內，玩家只能從官方公告得知各卡片抽中機率，而實際程式碼是否真的這樣運作卻無從得知。為此，手遊大國日本也設立了許多規範，有興趣的讀者請上網搜尋「碧藍幻想猴娘事件」、「日本轉蛋商法」或「コンプガチャ問題」。

　　你以為這樣就結束了嗎？錯！除了賭博爭議與公平性問題外，這類遊戲更是課金無底洞，不管你今天抽到再好再強的角色，只要官方一發佈更新檔，釋出新的區域、新的敵人，你的角色就瞬間變廢物，怎麼努力也打不動這些新關卡。當然，官方也會很好心地釋出新的角色。想要打贏這些關卡？可以唷，快來課金抽新角色唷啾咪 ^.<

　　**這樣玩家不是就跟待宰的肥羊一樣嗎！？**

　　是啊！這就是免費手遊 App 殘酷的事實，在資訊極度不對稱的情況下，程式碼、機率設定、角色強弱、更新檔、裁判、球證、旁證，加上主辦、協辦所有單位全都是遊戲公司的人，你怎麼跟他們鬥？世界上有這麼多優秀的工作室在用心製作電玩遊戲，你何必沉迷在這些圍繞著機率與運氣的課金無底洞裡？

　　如果上面這些論述還是無法說服你的話，請隨便選一款你正在玩的手機遊戲，將該遊戲名稱後面加上一個空格然後再加上「抄襲」兩個字，丟到 Google 去搜尋，例如：「神 X 之塔 抄襲」、「刀 X 傳奇 抄襲」，看看搜尋到的文章與資料，看看正反兩方的意見，再看看官方的回應，最後問問自己：**我居然在玩這種遊戲，丟不丟臉啊？**

　　就跟幾年前爆紅過的眾多網頁遊戲一樣，現今手機遊戲除少部分清流之外，大多都採用同用一套核心架構，外觀套上不同的表皮後就自稱為另一款新遊戲，反正只要有一套能紅起來賺到錢就好。不相信嗎？請上網查詢你手機遊戲的台灣代理商，然後到該代理商的網站看看，他們是不是也代理了除了名稱以外幾乎一模一樣的其他遊戲？開發商與代理商明明都心知肚明，卻還是採用這種殺雞取卵的營運方式，玩家們自尊心難道不會受損嗎？到底是你在玩遊戲，還是營運商在玩你呢？**你還要再繼續浪費寶貴的時間在這些遊戲上面嗎？**

# 4．社交軟體

　　就算再怎麼不會善用電腦的人，起碼還是能用文書處理工具做些正事；手機與平板就完全不一樣了，除了查資料與通訊功能外，剩下幾乎全是娛樂目的，毫無任何生產力可言。

　　嘿！我當然知道手機與平板上面還是有提升生產力的 App，但還是面對現實吧，你根本就不會善用那些工具，如果能善用的話，你的工作效率就不會是現在這個樣子了啊！

　　手機與平板能做到的生產功能，電腦都能做到，而且做得更好；所以對大部分的讀者來說，當你要開始認真工作時，手機與平板就只是個會讓你分心的東西而已，**最好的方法就是將手機與平板放到一邊，不要碰它**。

　　但是放到一邊還是不夠，因為有個人就是很奇怪，明明都說好要開始認真，也把手機放一邊了，卻還是三不五時聽到社交軟體的訊息聲就要打開來看一下。

　　**好啦！其實那個人就是你。**

　　做任何事都需要專心才會有效率，這些社交軟體會是你工作效率的殺手，而單純關掉這些 App 的震動提示或聲音提示是不夠的。當要開始做正事時，請打開你手機上的 LINE、Facebook 或各種社交軟體，點選那個很久沒按的登出按鈕，記得把自動登入也取消，登出完後再放到一旁。

　　有些人會建議直接把手機關機，但實際上登出個別 App 的效果會比把手機關機還要有效。若把手機關機，你只要在某一瞬間輸給了惰性，按下了開機按鈕，手機就會開機，各個 App 的訊息就會接踵而來；相對而言，若將個別 App 登出，你必須手動輸入每個 App 的帳號

密碼才能重新登入，步驟遠比手機開機麻煩得多。對，我們就是要把步驟搞得很麻煩，這樣你才會「懶得偷懶」。

「可是每天都有很多人傳 LINE 給我耶，如果有人有急事要聯絡我怎麼辦？」

放心吧，我沒有我自己想像中那麼英俊，你也沒有你自己想像中那麼受歡迎。每個人每天收到的訊息有 80％都是不重要的資訊，剩下的 20％也沒有急迫性，登出幾個小時不會有什麼影響的。而且如果有人有急事但透過社交軟體找不到你的話，他會直接打手機聯絡的，這也就是為什麼我們只登出 App 而不把手機關機的原因。

# Part 4

# 困難的從來不是自學，
## 是人性

# 第13章 | 理想與現實的差距

## 1・面對現實，不然就是現實面對你

我先講結論。

我每天掛在網路上，都有人在問我，學習到底有沒有捷徑？

我都回答，性格決定命運。

台灣話有一句話叫做邱罔舍放大砲，棉被再怎麼抖都會有灰塵。

各位讀者，你口口聲聲說要努力讀書又如何？你的三分鐘熱度難道以為大家都不知道嗎？

（直升機音效，進廣告）

學習是看努力，邏輯感情放一邊啊！

你的實力我不清楚，但是你從大一上就說要認真、大二被二一後說要認真、大三專題被擋修後說要認真，到現在離畢業都剩不到半年了，連個英檢中高級都沒過！

這就是典型的華爾街之狼作法，就是瓦倫達效應。

鐵達尼號都要沉了，你還在蒙面走鋼索，馬上就要摔下去了啊！

前幾天，有個 Facebook 網友寄私訊給我，是誰我不能說。

她說，她和朋友正在醞釀籌組一個英文讀書會，而且據點就設在台大公館。

我對此保持審慎的樂觀，但是《紐約郵報》的封面故事告訴我
們，這叫做海嘯來了啊！

我在這邊以朋友的角度，奉勸各位讀者一句話，怕熱就不要進廚
房。

學習沒有不辛苦的，你若只說不做，到頭來就是場卓別林式的鬧
劇，就是這樣子而已嘛！

我談學習，

我先推薦這個本書，《英、日語同步 Anki 自學法》。

學習，日文念作勉強（べんきょう），勉強的意思就是盡力而為，
牽強、不自然，或是強迫做不願意做的事。

你讀書的時候到底有沒有盡力而為，關鍵不在能力，關鍵在態
度。

我合理懷疑，沒有！

但是要超～越～合理懷疑，要有具體證據力。

我常說，分析事情務必冷靜理性透徹，暫時把好惡丟到河流另一
邊去。

我站在旁觀者的角度，奉勸各位讀者一句話。

就算你今天放棄學習，地球一樣在自轉，第二天太陽還是會升
起，把別人的批評當背景音樂。

即便如此，我還是強調一句，拿破崙曾經說：戰爭的成敗是最後
五分鐘決定。

只要肯堅持下去就是你的，茶包要經過熱水燙才顯芬芳。

好，講結論。

海水退潮之後，就知道誰沒穿褲子。

忒壬斯曾經說過：「真正的智慧不僅在於能明察眼前，而且還能預見未來。」

你現在可以選擇盡情玩樂，但是未來一定會付出代價，做怎樣的決定就會成為怎樣的人。

各位讀者，你有穿褲子嗎？還是像歐巴馬期中選舉一樣，輪到脫褲嘛！

成功有一百個父母，失敗成為孤兒，你注定只能揮霍這一個青春，之後就得成天被生活壓力追殺。

我在這邊公開呼籲各位讀者，請好好把握青春，用認真的態度面對每一天。

公義使邦國高舉，怠惰是你我的恥辱，好逸惡勞就要受到制裁。

難道你還以為學習能夠一拖天下無難事嗎？台語有一句話：千算萬算不如天一畫啦！

我建議讀者立即去參閱社會心理學、認知心理學，學習怎麼利用這些心理學技巧控制自己。

忠言逆耳，但是真理像一顆石頭，必須彎著腰才撿得到。

我再說一次，請你學會控制自己，然後好好認真學習、力求上進。

否則，你就必須做好為人做牛做馬卻只能領 22K 的準備。

面對現實，不然就是現實面對你！

## 2・知己知彼，百戰百勝

　　我們在電視或網路上看過訓練寵物狗的影片，主人將飼料放在狗狗鼻子上，狗狗必須等主人下命令之後才能吃下飼料，即使滿嘴口水，依然很有意志力的等待主人命令，沒聽到指令前絕不動作。

　　我們學習時也在做一樣的事：你的腦袋就是你的主人，而鼻子上的飼料就是那些會妨礙你專心的東西；你內心知道要先讀完書才能去玩，但實際的行為卻不見得會照著做。

　　如果你連自己都控制不了，還期待能達成什麼成就？

　　不是每一隻狗天生都這麼聽話，因此有些人會去研究動物的習性，這些研究可能會引導出一些結論，而馴獸師們根據這些結論結合一些技巧來訓練動物；同樣的道理，也不是每個人天生意志力都這麼堅強，因此科學家們才會去研究心理學，希望能更加瞭解人類的天性。

　　我們愚笨到很難反抗某些心理學定律，但同時我們也聰明到懂得利用這些定律來控制自己。正所謂「知己知彼，百戰百勝」，如果我們能更了解自己的天性，就能利用其中的技巧來提升學習效率。

　　在開始談心理學的例子之前，你必須先認清一個事實：「心理學沒有你想像中的那麼神！」如果心理學真的這麼厲害的話，那各大專院校心理學系畢業的學生早就飛天啦！心理學只是一連串針對人類實驗、觀察後得到的結論，這些知識跟三角函數或是拉普拉斯方程式一樣，單獨存在時並沒有太大的意義，你要懂得去適當地「運用」這些知識，才能發揮其真正的價值。

# 第14章 | 看透人性十三招

## 1 · 玩個角色扮演遊戲

　　路西法效應（The Lucifer Effect）是美國心理學家 Philip Zimbardo 在著名且充滿爭議的史丹佛監獄實驗（Stanford Prison Experiment）中，用來解釋在某些情境或氛圍下，人會在無意識間強迫自己適應所扮演的角色，甚至行為與性格都會跟著改變的理論。這種變化被他稱為「路西法效應」，上帝最寵愛的天使路西法後來墮落成了魔鬼撒旦，正對應了一個好人變成惡魔的過程。

　　這個效應提醒我們「環境」、「氣氛」與「角色」對人們心智的影響力，例如一些直銷組織或宗教團體會定期召開大會，在會議中不停強化各種階級封號，抑或要求成員間要用帶有角色階級意味的稱謂互相稱呼，這些都是在強化你去適應扮演的「角色」，一但接受了這樣的設定，你的行為與性格就會為了符合該角色而自動改變，達到這些團體想要的目的。

　　用在學習方面，當我們遇到問題時，不妨換個「角色」來思考，例如 183 頁提到把自己當作自己的女兒就知道怎麼安排消費習慣，讀者也可以用同樣的道理來安排時間行程。很多時候，我們不是不會做決定，只是含有太多私人情緒，若跳脫自我角色用他人觀點來看的話，會發現事情沒有那麼複雜。

　　另外，在學習的路上，你一定會失敗、會不斷遇到挫折，你會不

斷問自己：「為什麼我努力了一個月，才只有進步這一點點？」但此時不妨換個角度思考，如果有個比你落後「這一點點」的人，那他也得花上一個月才能追上你的進度，不是嗎？只要肯堅持下去，你現在花的每一分每一秒都會有所回報。

## 2・想辦法催眠自己

巴夫洛夫制約（Pavlovian）又稱為古典制約，指的是當兩件事物經常同時出現時，大腦對其中一件事物的記憶會附帶另外一件事物。這是催眠術的科學基礎，也是宗教團體控制信徒最常見的方式之一，但只要經過適當設計，巴夫洛夫制約也非常適合拿來控制自己。

「毀了一首歌的最好方法，就是把它設成鬧鐘鈴聲。」

古典制約應該算是最常見的心理學應用之一，你或許早在不知不覺間就用已經在用這樣的方式控制自己。舉例來說，每次去學校圖書館讀書時都坐在相同位置，久而久之坐上該位置後就會進入讀書模式；每天早上通勤坐上公車第一件事就是打開 Anki 複習，久而久之就會養成習慣；當要開始讀書時，就戴上耳機聽同一系列歌單，久而久之聽到該歌單就會制約自己進入讀書模式；每次要開始做報告就先設定好 StayFocusd、每次期中考週就先刪遊戲等等，依此類推。

## 3・你沒有你想的那麼重要

聚光燈效應（Spotlight Effect）就跟字面上的意思一樣：人們會太在乎自己，以為自己是聚光燈的焦點，以為大家的目光都聚集在自己身上，但事實上根本沒人會在意你這個系上邊緣人。要不是有通訊錄的話恐怕沒有人知道你讀這個系；如果不是為了賺你的錢，早餐店老闆娘也懶得多看你一眼；導生聚與謝師宴只能孤零零地一個人坐在一旁滑手

機；除了 Facebook 日曆以外沒有人記得你的生日；唯一的生日禮物是在巴哈勇者小屋領取的甜心蛋糕；堅持不用社交軟體這樣就不會覺得自己沒朋友；手機通訊錄只有父母、家裡電話跟牙醫四個號碼；下課在學生餐廳買完便當就趕著回宿舍邊看動畫邊吃飯；假日跟室友說要和朋友出去玩，實際上跑到公園坐著發呆；一個人生活久了漸漸養成跟空氣朋友聊天的習慣……嗆我嗆夠了沒？好吧，聚光燈效應好像不能適用在每個人身上，但你還是要加油啊！打起精神來，沒朋友也就等於沒有雜事干擾，可以更有效率地把握時間努力衝刺，最甜美的復仇是打破眾人眼鏡，向大家證明你做得到，讓大家刮目相看！

　　至於人生勝利組們更要特別小心，朋友多、邀約多容易讓你浪費時間，忽略真正該做的事情，尤其是即將出社會的讀者更要特別注意。當你計劃的事情還沒完成時，就先拒絕朋友的邀約吧！如同聚光燈效應所言，你沒有你想像中那麼重要，就算你沒去，大家也是會玩得很開心的。先把自己的正事做完比較重要，否則事情一天拖一天只會越累積越多。更何況對方也只是客套問一下而已，你不去的話大家說不定反而更開心呢！

## 4・停！先冷靜一下再說

　　影響力偏誤（Impact Bias），指的是人們常常高估某些物品或事件的情感價值，以為得到之後自己就會變得非常快樂，或是以為失去之後會非常難過，但事實卻遠不如預期。

　　最好的例子就是手機遊戲轉蛋系統，你很想要某隻角色，花很多時間刷魔法石、甚至花錢儲值，好不容易抽到之後感到很開心，拿來打個幾場、向朋友炫耀一下，結果下次改版又出現了更強的關卡與更強的角色，要打贏這些關卡只能使用新推出的那些角色，於是你又陷

入了這種抽新角色→抽到好開心→改版→抽新角色的無限迴圈。

　　你好想要某件衣服，這件衣服的價格是你三天的薪水，你買到的瞬間很開心，但這感覺卻不到三天就消逝無蹤了；你好想玩某款遊戲，考試前一直花時間看相關資訊，考完後衝去買回來玩，但玩了一天之後卻覺得沒那麼快樂，反而有點空虛。別讓自己不開心，面對這些很吸引人的東西時，請冷靜下來判斷其真實價值，就可以避免無謂的消費。

# 5・千金難買早知道

　　反事實思維（Counterfactual Thinking）是指人們常常會回憶過去已經發生的事情，在回憶的過程中不斷產生：「如果我當初有那樣做就好了！」的想法，試圖在腦海中修正事情的結果，但這樣做不僅沒有意義，反而會帶出更多負面的情緒。

　　各位讀者應該有過這種經驗，每次考完試看答案時都會覺得：「考試的時候就覺得這題不是 A 就是 B，如果我當初選 B 的話就好了！」又或者打盃賽時被對方逆轉勝，每次回想起來都覺得：「如果我當初不要那樣打就好了！」為了那一念之間的抉擇而懊悔不已。但是這種想法一點意義也沒有，事情發生了就是發生了，這已經是一個既定的事實，你腦袋跑過再多的反事實思維都不會改變任何事，反而會因為這樣而陷入負面情緒之中，影響到你現在的生活，這是標準百害而無一利的行為。

　　現在了解這個心理學原理後，以後就不要再產生這樣的反事實思維了，有時間這樣想的話還不如快去用功學習吧！不要等到十年後夜深人靜時才在床上翻來覆去睡不著，想著：「如果我當初有好好讀書的話就好了。」

# 6·相信別人，不如相信自己

巴納姆效應（Barnum Effect）是指某些愚蠢的人們會對「號稱為自己量身設計的人格描述」給予高度評價，而這些描述往往十分模糊及普遍，因此能夠適用在很多人身上。巴納姆效應能夠對偽科學如占星學、占卜或人格測試等提供一個參考解釋。

舉例來說，你覺得下面這段敘述是否很符合你的性格：

> 你祈求受到他人喜愛卻對自己吹毛求疵。你擁有看似強硬、嚴格自律的外在掩蓋著不安與憂慮的內心。你喜歡一定程度的變動並在受限時感到不滿。有些時候你外向、親和，充滿社會性，有些時候你卻內向、謹慎而沉默。
>
> （改寫自維基百科）

這就是所謂的巴納姆效應，你認為「這些敘述很符合我」，但這些敘述本來就是被設計用來符合所有人。最典型的巴納姆效應就是星座占卜，你把金牛座的今日運勢套在天秤座上也說得通，甚至跟牡羊座的昨日運勢根本一模一樣。稍微用腳毛想一下就知道，電視上那些星座老師如果這麼會算，早就可以掌握普通人不知道的運勢來往上攀升，而不會只是個靠著巴納姆效應賺錢的星座老師而已了，不是嗎？你腦袋擁有那麼多潛能，你手中握有那麼多機會，結果你居然不相信自己，而去相信你出生當下天空的星體位置，這實在不是愚蠢兩個字足以形容，建議應該去申請達爾文獎。

在選擇語言補習班或是購買書籍前也請特別注意，這些課程或書籍的宣傳文字表面上好像十分適合你，但其實只是行銷技巧產生的巴

納姆效應罷了，行銷的目的就是為了吸引更多消費者，所以那些文字會寫得讓每個人都心動，你不該以其做為是否購買的判斷依據。反之，你應該真正去補習班試聽課程，或是打開書籍試閱，實際確認裡面的「內容」是不是真的適合你，再做進一步的決定。

# 7 · 習慣成自然，越看越有趣

重複曝光效應（Mere Exposure Effect）是指人們會單純因為自己熟悉某個事物而產生好感，換句話說就是看越多次會越喜歡。

漫畫或影劇中常常見到這樣的劇情：男女主角第一次碰面時互相討厭，但命運之神總是不停地讓兩人在各種場合巧遇，在經過許多事件後，兩人才發現原來彼此相知相惜進而結為連理。

這劇情雖然老梗，但是有其科學根據，我們的確會因為某個人物、影像、聲音「重複曝光」在我們腦海，而在不知不覺間漸漸對其產生好感，例如網路上常見的「洗腦歌」，一開始沒什麼特殊感覺，但聽久了之後卻反而像中毒一樣一直聽個不停。

利用這個概念，我們可以將討厭的公式、科目加到 Anki 來複習。利用 Anki 的特性來每天看、每天複習，自然而然就會產生重複曝光效應，久而久之就不會再討厭這些東西，反而會變成你腦海中理所當然的一部分。

# 8 · 如果現在放棄就輸了！

沉沒成本（Sunk Cost）指的是那些已經付出且不可收回的成本。以經濟學的角度來說，「理智」的投資人不該將沉沒成本視為成本的一部分，做決策時若將沉沒成本考慮進去，容易做出錯誤的判斷。

但人類本來就是「不理智」的動物，人類天性就是會不甘心、不

想放手。我都已經投入那麼多心力了，現在放棄的話，以前的投資不就都白費了嗎？於是左手捧著 600 塊的威盛、右手抱著 1300 的宏達電，每天夜裡哭哭，期待有朝一日能重返農藥。

現在很多智慧型手機或穿戴裝置都有「運動記錄」的功能，可以記錄你每日行走的步數、時間以及消耗卡路里等資訊。如果你已經連續四個星期至少跑步三天，第五個星期肯定會想維持這個紀錄而找時間去跑步。抑或你已經連續十天每天都走一萬步，今天到家前發現只有九千步，你也會繞到附近買個麵包或飲料，只因為不想讓以前的努力白費。

將這個概念套用在學習上，如果有工具能夠記錄我們「已經投資的學習成本」的話，我們也會覺得：「以前都已經投入那麼多心力了，現在放棄就輸了！」而不願放棄學習。Anki 和 VoiceTube 正好都有這個統計學習記錄的功能，可以讓你回顧這一個星期、一個月，甚至是從開始使用那天到現在的學習記錄。隨著學習時間增長，過去的記錄會漸漸成為我們心中的沉沒成本，累積越久，我們會越捨不得中斷學習，即使每天再怎麼忙，也都會努力擠出時間來。

## 9・每一次都要拼盡全力

你有沒有過這樣的經驗：每次在考試之前就會想打掃房間、整理書桌，做些平常不會做的事，不管做什麼都好反正就是不願讀書，等到考完後成績不理想，卻覺得好像也無所謂，反正不是自己沒實力，而是這次本來就沒有好好準備。

這就是典型的自我設限（Self-handicapping）。自我設限會造成兩個負面的結果：第一，當你自我設限了一次，就很可能會做出第二次，造成惡性循環。第二，長久自我設限後，要花非常大的心力才有

可能回到正常。

　　以我自己為例，高中考大學時考差了，上大學後感覺大學同學比高中同學弱很多，於是不知不覺開始自我設限，考試前狂打電動，小考小玩、大考大玩，玩到連期末考換教室了都不知道，到教室時空無一人，打電話給同學也都沒人接，因為大家都在考試。「被當是正常的，畢竟整學期大概只去上了三堂課嘛！以我的聰明才智，真要認真還怕讀不來？」抱持這樣的想法直到期末，最後大一上總平均六十二分，被當了八學分。

　　大一下我決定稍微用功一下，但是當我坐在圖書館翻開課本後，才發現根本忘了怎麼「讀書」。這樣「自我設限」一學期的結果就是看著課本卻什麼也讀不進去，最後花了許多時間才終於慢慢找回「讀書的感覺」，但大一下還是又被當了八學分，直到大二才完成第一次歐趴。正所謂魔法少年賈修，魔獸少年暑修，被當這十六學分使得我從大一到大四每年都在暑修，甚至到大四下才修完大一的必修物理，差點畢不了業。

　　由此可見，自我設限是一種非常負面的行為：

- 最初是為了保衛自己而啟動自我設限，但自我設限久了實力會真的退步。
- 發現自己實力退步後，人性會為了保護自己而更加自我設限，欺騙自己。
- 於是實力更加退步，重複惡性循環。

　　了解自我設限的可怕後，就請各位讀者不要再這樣做了，從今以後每一戰都要用盡全力去拼，不要再拿「我輸了是因為沒盡全力」這種謊言來欺騙自己！

# 10・天助自助者

東方人怕鬼，西方人也怕鬼；東方人信神，西方人也信神。不管你信的是佛教、基督教、長門教、母豬教、雷射蓮花教、厄里斯教或是阿庫西斯教；不管你拜的是耶穌、阿拉、蓋倫、彥州、μ's、莊園還是飛麵大神。回想那些你曾經跟神明所祈禱過的願望，有哪些是只有祂做得到，而你自己做不到的事情？

- 祈求身體健康，結果你每天日夜顛倒體重超標又不運動。
- 祈求交通安全，結果你紅燈右轉不看後照鏡又亂鑽車陣。
- 祈求學業進步，結果你遲到早退缺交作業蹺課又不讀書。
- 祈求認識女生，結果你整天看動漫畫輕小說又不修邊幅。

試著想想，如果你是上帝的話，看到這些白目刁民會怎麼做？大概就是偶爾顯顯神蹟，出來喊喊：「朕知道了！」或是：「這件事我管定了！」之後，就放著給他們自生自滅吧？反正這群刁民自己根本就沒有心要進步，又何必替他們白操心呢？

摩根・費里曼在《王牌天神》裡告訴我們上帝受夠了人類的愚蠢；亞當・山德勒在《命運好好玩》裡告訴我們命運掌握在自己手上；湯姆・漢克在《浩劫重生》裡告訴我們只要肯堅持下去就會有希望。想要上帝幫助你？可以！但是你得先自己努力。

- 中國有句諺語：「機會是留給準備好的人。」
- 日本有句諺語：「天は自ら助くる者を助く。」
- 美國有句諺語：「The harder you work, the luckier you get。」
- 印度有句諺語：「督督嚕督嚕賭嚕督嚕督嚕賭嚕督嚕督大大大。」

這些諺語證明了全世界所有古人都在告訴後代一件事：「天助自助者，自助人恆助之。」只有自己真正努力過後，神明才會願意幫助你。有宗教信仰當成心靈支柱是件好事，但過度將責任託付給這個心靈支柱，會使你忽略自己該盡的本份，最後你的心靈也將無法繼續挺柱，只能含淚換柱。

# 11・假久變成真，Just do it！

比馬龍效應（Pygmalion Effect）是一種「自證預言」。希臘神話故事有位名為比馬龍的雕刻家，他愛上了自己用象牙雕刻出來的女神雕像，每天對著雕像說話，最後那座雕像變成一位真正的女神。意指內心帶著正面期望的人們將容易成功；而內心帶著負面期望的人們將容易失敗。

自證預言最常被舉的例子是抽菸少年的故事：有個少年很喜歡抽菸，有天路上的占卜師告訴他會因為抽菸而早死，這個少年非常相信占卜，認為自己遲早會死於抽菸，那不如就抽個痛快，於是一天抽更多的菸，最後也就理所當然地英年早逝。但如果這個少年沒把占卜師的話聽進去，他就不會抽更多菸，也就不會早死了。

套用自證預言，我們可以為自己設定預言、替自己貼上某些標籤，而為了實現這樣的預言，就會傾向做出符合這個標籤／角色該做的事。就像把捷運站貼上標籤後，颱風來時也可以扮演滯洪池的角色一樣。

舉例來說，你可以告訴自己「我會認真學習讓英文變好」，並把自己貼上「認真的學習者」這樣的標籤，這樣下次當你在英文文章中看到不會的單字時，就不會再視而不見，因為「認真的學習者」會把握每次學習機會。關於自證預言，建議讀者有空的話可以上網搜尋這

篇 TED 演講：“TED Talk：Fake it until you become it by Amy Cuddy”。這篇演講充分描述了如何實際將自證預言運用在生活中，但我認為這個標題應該要修正一下，只有 “fake it” 不夠，還要 “do it”！因為關鍵不在於你 fake it or not，而是 do it or not。

## 12・這麼好玩的事情，怎麼可以一個人躲起來？

從眾效應（Bandwagon Effect），是指個體容易受到群體的影響，朝著與群體大多數人一致的方向變化。從眾效應同時擁有正面與負面的效應，若群體積極主動互相鼓勵，則有利於個體能力的提升；反之，若群體自甘墮落，則個體也會向下沉淪。

伍思凱曾經唱過：「與你分享的快樂勝過獨自用手，至今我仍深深感動。」打電動時跟朋友組隊一起玩比自己玩還好玩，打怪時掉的裝備和經驗值也比較多。同樣的道理，和朋友一同學習不僅比較開心，且可以互相扶持、互相監督，遇到困難有人討論、教學相長。正所謂團結就是力量，各位讀者應該都聽過這個小故事：

從前，有一個家庭，裡面的幾個兄弟常常吵架。

有一天，父親把他們叫到面前，拿出了一根竹筷說：「你們誰能把它折斷？」

大哥輕輕一扳，「啪」的一聲，順手就把筷子折斷了。

父親又拿出了三雙筷子說：「你們誰能把這把筷子折斷？」

看著眼前的不鏽鋼環保筷，對音樂十分感興趣的大哥說：

「啊，好像鼓棒似的。」

「我看倒有點像鋼筆。」二哥說。

「真像一支支圓棒鋼釘！」在工地上班的小弟緊接著說。

　　兄弟們不禁哄堂大笑，同樣的一把筷子，每個人卻有不同的感覺。父親連忙把筷子收好，語重心長地說：

　　「你們看，一把筷子多結實，折不斷。一根筷子很容易就折斷了。以後，你們不要吵了，團結起來才會有力量。」

　　但是台灣人有個奇怪的現象：講到玩樂的時候大家都搶著出頭，講到要讀書的時候大家卻急著迴避，往往自己一個人偷偷躲起來讀，好像主動提出要唸書是一件很奇怪的事情一樣。

　　為了解決這個問題，我幫各位讀者製作了一些可以打開話題的LINE 圖片。只要有了這些圖片，相信連已經快要比宅男還要多的宅男女神們都會被你的熱誠打動，願意陪你一起讀書。完整的 LINE 圖片可以從 脫魯祕笈 下載。

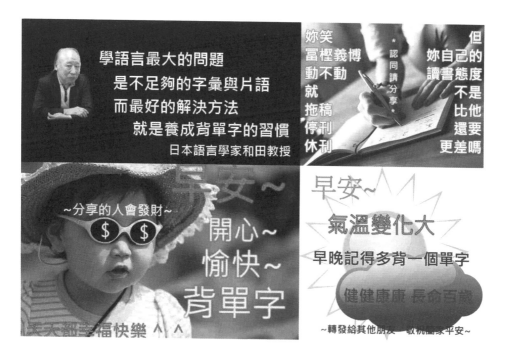

## 13 · 最有效率的方法

以上舉了這麼多例子，但都還是需要你自己「積極」去配合才會有效，不要只是看過就沒事了，要試著將這些技巧融入你的生活中，找出最適合自己的學習方式。

然而，若你仍然嫌自己意志力不夠堅定，還有一個最有效率的終極大絕招可以使用：

「你可以花錢找別人來督自己！」

不好意思，講太快咬到舌頭，重來一次

「你可以花錢找別人來監督自己！」

為什麼美國大學生上課都很踴躍發問？因為他們學費超級貴啊！如果今天「學習」是建立在付費的基礎上，你肯定會更認真，無論是學校、補習班，或是線上優質課程，學習過程有人幫忙規劃、有人在旁引導、有人嚴格監督，學習效率自然會提升。但請讀者也別將責任全部丟給老師，你依然需要在課程外適當的複習與自主學習，保持主動積極的態度，持之以恆才會進步。

# 第15章 ┃ 剩下的，就是你們的事了

## 1・似乎在夢中見過的樣子……

夢の中で逢った、ような……

許多人，尤其是大學生，在大學混了三、四年後覺得不能再這樣下去，似乎該努力一下，於是開始上網看勵志的文章、買書或雜誌看學習的技巧、看別人成功的過程，看完後開始充滿了希望，覺得內心很充實，覺得自己努力後也可以變成那樣，然後一樣熬夜看影集，隔天睡到中午十二點，睡過了兩堂必修課，有點後悔但還是欺騙自己下星期一定會去上。

懶得出門吃早餐就在冰箱或櫃子裡找東西吃，下午本來也有課但是外面下雨所以自行休假一天，然後開始逛 Facebook、Ptt、Dcard，再上 YouTube 看之前錯過的節目影片，看完後再看個日劇或影集，接著逛個網拍。

晚上跟三五好友去市區吃晚餐順便逛個街，回房間後開始打電動，輸了就怪豬一般的隊友，反正千錯萬錯都是 they 的 troll，一切依法行政，洩洩指教；NG 一直贏不了就打個 ARAM 撿首勝，結束前不忘說聲 GGEZ。

打完後時間也不早了但還不想睡，於是揪室友出去買消夜。「雞排要切不要辣，珍奶少糖去冰」，你買到都已經記得價錢，手上握著剛好不用找的零錢。一個雞排吃不飽，那你有沒有買第二個？雖然最

近體重一直上升肚子越來越大，但是明天系隊有練球，今天多吃一塊雞排應該沒關係。

吃消夜就是要配影集啊，不然要幹嘛？消夜十分鐘就吃完了但是影集一集有三十分鐘，看完了一集後意猶未盡：「再一集就好，保證看完就睡！」你又默默對自己許下不可能實現的承諾。

「這樣的生活，似乎在夢中見過的樣子……」

## 2・能面對自己真正的想法嗎？

本当の気持ちと向き合えますか？

看著看著不知不覺已經凌晨三點了，洗澡的同時回想這幾天做了什麼，內心充滿了罪惡感。

不是說好要開始減肥的嗎？結果只持續慢跑兩天。

不是說好不蹺課的嗎？結果今天又都沒上到課。

不是說好要開始準備多益的嗎？結果買好的單字書放了一個星期。

這樣的生活持續一段時間後，有一天，你覺得不能再這樣混下去，似乎該努力一下，於是開始上網看勵志的文章、買書或雜誌看學習的技巧、看別人成功的過程，看完後又開始充滿了希望，覺得內心很充實，覺得自己努力後也可以變成那樣。

但是，三分鐘熱度結束後，你又回到了以往那舒適的生活圈，每天日劇／韓劇／美劇／台劇一集接著一集，關心那些跟自己八竿子打不著關係的影劇名人動態，明明連期末考的考試範圍都不清楚，卻對那些藝人的沒營養八卦瞭若指掌。

準備期末考的那幾天內，你埋藏已久的罪惡感又再度湧上心頭：

「如果我早一點開始唸書就好了。」「我下次一定不能蹺這堂課。」「下學期一定會好好努力。」你無力卻又抱著一絲期待，將責任丟給未來的自己。

　　然而這些念頭在考完的瞬間，就在 KTV 內隨著大家歡唱的歌聲煙消雲散了。

　　新學期開學後，「不蹺課」只維持了短短兩個星期，室友們一起熬夜打電動，一起睡到中午，一起分擔罪惡，彷彿彼此互相搗住耳朵、遮住眼睛就看不到外面競爭的世界。你內心深知不能再這樣下去，但卻不願做出改變。

　　「你能夠面對自己真正的想法嗎？」

## 3・這樣子絕對很奇怪啊！

こんなの絶対おかしいよ。

　　等到大學快畢業開始找工作時，發現每間公司都要看多益成績，這時才猛然想起自己之前也曾想好好準備多益，但眨眼間，你的青春已經飛得又高又遠，就像變了心的女朋友一樣永遠回不來了，連一首歌的時間都沒留下。

　　填寫履歷時才發現自己這四年來竟列不出個具有說服力的經歷，好像為了交朋友而加入過一些社團、好像有辦過一些營隊，但是都跟專業能力沒有關係，拿著大學生的文憑卻只有高中生的能力，這四年就好像被誰偷走了一樣。

　　東湊西湊填完履歷後，在人力網站公開了好幾天都沒人找上門，主動投出的履歷也都石沈大海，好不容易接到一通面試邀約卻發現是飲料店徵工讀生外送。到處透過親朋好友牽線總算獲得上市公司的面

試機會，然而薪水卻總談不過 25K。

　　「我的條件真的有那麼差嗎？」

　　「我大學的時候到底都在幹嘛？」

　　「這樣子絕對很奇怪啊！」

## 4・我，真是個笨蛋……

あたしって、ほんとバカ……

　　你為了省錢，租了一間離公司有段距離的小套房，在整理隨身物品的同時，從大學行李中翻出了那本當初衝動之下購買的單字書。看著這本書，你所有的回憶又再次湧上心頭：還記得這本書是 PTT 的 TOEIC 板某個多益考九百多分的板友推薦的，你抱著半懷舊的心情上網找出那篇心得文，裡面寫的東西和網路上其他人分享的心得差不了多少，甚至可以用千篇一律來形容，然後你在文章下方看見了自己當年的推文：

> 推 SunShine5566: 感謝大大無私的分享！我也買了這本書，真的很有幫助！

　　你不禁感到百感交集。當初文章也看了、書也買了，只差一步可以成功了，但你卻始終沒有踏出那一步。即使現在再怎麼懊惱也沒有辦法回到過去，想著想著，一滴眼淚無助地從臉上滑落：「我，真是個笨蛋……」

## 5・那樣的事，我絕對不容許！

そんなの、あたしが許さない。

　　如果你有看過網路上那些關於「讀書的技巧」、「如何專心」等文

章的話，會發現其實學習的技巧就是這些而已：

- 誰不知道每天讀書會比短期衝刺更有效率？
- 誰不知道可以用 App 來協助背單字？
- 誰不知道讀書時要專注，不要一心二用？
- 誰不知道熬過就是自己的？

　　這些事情大家都知道，成功與否只在於看你做不做而已。

　　上面描述的小故事是許多社會新鮮人殘酷的寫照，問問自己，你想不想變成那樣？

　　「那樣的事，我絕對不容許！」

# 6‧那真是太令人高興了！

それはとっても嬉しいなって。

　　打過電動的應該都聽過所謂「滾雪球」吧？簡單來說就是利用己方隊伍的某些小優勢創出更多優勢，再用這些優勢創造更多優勢，最終贏得比賽。

　　譬如 DOTA 遊戲中，上路隊友對線殺了敵人後回家買更好的裝備，下次對線時由於裝備更好，因此更容易殺掉對方；上路沒有壓力後就跑到中路 gank，幫助中路隊友獲得金錢；中上路都沒問題後再順勢往下路逼打團戰並獲得勝利。而多次累積的優勢使得後續推塔進野區都更加有利，雪球就這樣從一個小優勢越滾越大，最終獲得整個遊戲的勝利。

　　讀書也是如此，你懂得利用心理學來控制自己，使自己每天規律的學習英文；每天讀英文使你英文閱讀速度越來越快；這樣的優勢使

得你在專業科目上進步神速，並讓你獲取許多額外背景知識；利用這些背景知識讓你可以更深入學習；深入學習後許多東西只有英文資料，故你英文又越來越強……。

如此不斷用知識滾能力、用能力滾知識，滾出來的這顆大雪球就是你未來的競爭力。

人生就跟 DOTA 遊戲一樣，需要不停的戰鬥，所以千萬不可小看一個單一的小優勢，只要你有一項能力優於別人，就能用這項能力滾出更多優勢。而**每一個小優勢，都是透過不斷努力換取而來的。**

「能知道這些，真是太令人高興了！」

# 7・怎麼可能會後悔？

後悔なんて、あるわけない。

每個人一生中都在尋找最划算的投資，然而現實是很殘酷的：

- 你為了和**喜愛福爾摩斯的高中妹大小姐**交往，花上大錢購買她的插畫、歌曲、廣播劇和相關商品，一起慶祝生日、度過快樂時光後，卻發現她根本走不出螢幕，而你也只能寫著永遠送不出去的情書。

- 你支持台灣起家的 HTC 手機，卻發現王雪紅在發布會上說：「HTC 是中國人所創立的品牌。」你才猛然驚覺手中的 HTC 手機不僅內建紫光任務，還內建九二共識。

- 你支持優質遊戲而購買了《潛龍諜影》全套，卻發現 Konami 除了開除小島秀夫以外，更背離長久以來的家用主機支持者，說出：「手機遊戲才是未來！」這樣的話。

- 你 2008 年投資馬芙丸，相信台股會上兩萬點，卻發現原來經

濟部長尹啟銘只是在開玩笑。而 633 過了八年大家也都還沒準備好。

‧你投資北連中胡，認為現實世界的風向早就變了，卻發現潮水退後原來自己沒穿褲子。

‧投資一定有風險，基金投資有賺有賠，申購前應詳閱公開說明書。

那世界上到底有沒有穩賺不賠的投資？

有啊！投資你自己啊！

父母有一天會離開，女朋友有一天會跟別人跑，只有你的腦袋永遠不會離開，到哪裡都會跟你一輩子，像兄弟一樣不離不棄、共體時艱。

「投資自己，是永遠不可能後悔的事情！」

## 8‧奇蹟與魔法，都是不存在的唷！

奇跡も、魔法も、ないんだよ！

我認識好幾個朋友，從大一就說要減肥，但總無法長久堅持下去，到研究所畢業時依然跟你一樣整天用嘴巴減肥，好像講一講就會瘦下來。

我也認識另一個朋友，說太胖了想減肥，之後每天跑步、每天游泳，兩個月後就成功瘦了九公斤。

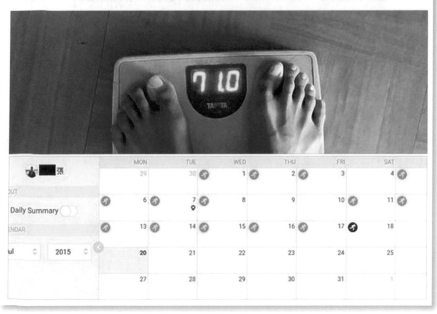

張██新增了 2 張新相片。
7月20日 21:56 · 編輯紀錄 · 👥

終於達成5月初立下的目標：在口試前到達71公斤了!! 從80->71瘦了9公斤。暑假都在寫碩論生活無聊就很規律運動，所以光7月到現在就瘦了4公斤。暑假開始至今的總運動記錄：跑步86km、游泳21公里

　　他們的起跑點相同、目標相同，但是努力程度與意志力不同，所以各自得到了不同的結果。

　　你，想成為哪一種人？

　　「奇蹟與魔法，都是不存在的唷！」

## 9・再也不依靠任何人！

もう誰にも頼らない！

上課時，教授說某個章節期末考一定會考，你會不會讀那個章節？會！

現在每本書、每篇文章都告訴你這樣讀書最有效率，你為什麼不去做呢？

我湖永遠的老大 Kobe 強不強？

Kobe 何止強，Kobe 根本強暴了啊！

但如果他年輕時沒有靠著自己努力練球的話，有可能這麼強嗎？你可以有頂尖的經紀人幫你處理合約，也可以有優秀的隊友幫你分擔壓力，但是要變強，還是只能靠自己努力練習。

「變強只有靠自己，沒有辦法依靠任何人！」

## 10・已經什麼都不怕了！

もう何も恐くない！

回想一下最近的生活，你已經耍廢了多久了？該不該開始努力了？

從今天開始，每天排個三十分鐘，持續十四天，當試找到這種讀書的感覺，然後漸漸養成習慣，每天三十分鐘而已，沒有什麼好損失的，持續兩個星期試試看，無效退費、買貴退差價，沒效果的話要我捐款、捐薪水也沒有問題！

就當作是被我騙好了，兩個星期總共也才被騙 420 分鐘，回想妳前男友，騙妳騙了多久？妳這輩子都已經被騙那麼久了，現在有差這 420 分鐘嗎？

「已經沒有什麼好怕的，全力衝刺就對了！」

## 11・最後留下的路標

最後に残った道しるべ。

如果能寫一封信給十年後的自己，你會期待自己成為一個怎樣的人呢？

會理財與不會理財的人，十年後累積的財富差距會很大；會控制自己與玩物喪志的人，十年後累積的能力差距也會很大。十年後，你會微笑著慶幸自己曾經努力過，還是邊嘆氣邊後悔著那些從指縫中流走的每一個機會呢？

「這封信，就是你為即將展開的學習之旅留下的路標。」

# 給十年後的我

## 12．剩下的，就是你們的事了！

你現在在看這本書，就是希望自己英文能力／日文能力甚至專業能力能夠提升，我已經把我所有的招式都寫出來了。我曾經站在許多前輩的肩膀上學習，而你現在也已經爬到了我的肩膀上，我做得到、我的朋友圈有這麼多人都做得到，你沒有理由做不到啊！

遇到困難要找方法解決，而不是找藉口逃避。也許你覺得自己以前基礎不穩，或覺得自己不是很會讀書，但你要記得**排骨酥湯理論**：不論你**以前**只會做味噌湯還是菜頭湯，只要**現在**開始用心努力，放對材料、改變作法，就能做出口感 99％的排骨酥湯。

給自己一個改變的機會！做，就對了！

「剩下的，就是你們的事了。」

# 脫魯祕笈

　　還沒完呢！本書的後半段在 脫魯祕笈 網站，請進入https://tolu.tw/
網址繼續閱讀進階內容。

　　我寫這本書的目的是為了幫助你變得更強，要變強不是一件簡單
的事情，需要從多個面向共同成長，「語言學習」只是眾多能力的一
部分。

　　然而，這本書主要是想寫給學生族群，我希望學生們能在最低成
本的前提下學到最多東西，若將所有內容放入書中，勢必會增加成本
而提高售價；我不想讓讀者增加負擔，也不想為了壓低成本而刪減內
容。為了兼顧兩者需求，就誕生了這個 脫魯祕笈 網站。

　　我將基礎內容寫在這本書中，進階內容則放在 脫魯祕笈 網站上。
有了這個網站，出版社不用增加印刷成本、讀者不用增加購買成本，
我也可以讓讀者看到最豐富完整的內容，可以說是個三贏的結果。

脫魯祕笈

網址：https://tolu.tw/

國家圖書館出版品預行編目（CIP）資料

英、日語同步Anki自學法【Update修訂版】：我
　　是靠此神器，最短時間通過日檢N1、多益975
　　分／簡群 著. -- 初版. -- 臺中市：晨星, 2020.11
　　面；　公分. --（語言學習；11）
　　ISBN 978-986-5529-53-6（平裝）

　　1.英語　2.日語　3.學習方法

805.1                                          109012823

語言學習 **11**

# 英、日語同步Anki自學法【Update修訂版】
## 我是靠此神器，最短時間通過日檢N1、多益975分

| | |
|---|---|
| 作者 | 簡群（Chun Norris） |
| 編輯 | 余順琪 |
| 封面設計 | 柳佳璋 |
| 美術設計 | 菩薩蠻數位文化有限公司 |
| 內頁排版 | 林姿秀 |
| 創辦人 | 陳銘民 |
| 發行所 | 晨星出版有限公司<br>407台中市西屯區工業30路1號1樓<br>TEL：04-23595820　FAX：04-23550581<br>行政院新聞局局版台業字第2500號 |
| 法律顧問 | 陳思成律師 |
| 初版 | 西元2020年11月01日 |
| 總經銷 | 知己圖書股份有限公司<br>106台北市大安區辛亥路一段30號9樓<br>TEL：02-23672044／02-23672047　FAX：02-23635741<br>407台中市西屯區工業30路1號1樓<br>TEL：04-23595819　FAX：04-23595493<br>E-mail：service@morningstar.com.tw<br>網路書店 http://www.morningstar.com.tw |
| 讀者專線 | 02-23672044／02-23672047 |
| 郵政劃撥 | 15060393（知己圖書股份有限公司） |
| 印刷 | 上好印刷股份有限公司 |

線上讀者回函

定價 320 元
（如書籍有缺頁或破損，請寄回更換）
ISBN：978-986-5529-53-6

──── | 最新、最快、最實用的第一手資訊都在這裡 | ────